En maison d'édition :

Chez Reines-Beaux

Un nouveau départ

Sentinelle, volume 1

Sentinelle, volume 2

Sentinelle, volume 3

Chez BMR

Super connard et moi

Du même auteur

En auto-édition :

***

Série : Live and Hope
Love, Hate, etc...
Love **Twice**
Love for Two

***

Un Ami pour Noël
LÄTT
Nos jeux d'enfants : *Un. Deux. Trois. La lune et le soleil !*
RILEY²
ASSASSIN
Célibataire, maman et débordée

***

Désirs Ardents : *La série qui réchauffera vos nuits*
Propose-moi - Tome 1
Choisis-moi - Tome 2
Une semaine aux Bahamas - Nouvelle 1.1
Apprivoise-moi - Tome 3

Vivante

Clémence Lucas

ISBN : 9791035903985

ISBN-13 : 979-10-359-0398-5

Relectures et Corrections : Team C&C

La vie est une grande route remplie de signes.
Alors, quand vous en franchissez les ornières,
ne vous compliquez pas les choses.
Fuyez la haine, les bêtises et la jalousie.
N'enterrez pas vos pensées, amenez votre vision à la réalité.
Réveillez-vous et vivez !

Bob Marley

Prologue

Ambre

Durant une bonne partie de ma vie, je me suis battue contre des problèmes de poids.

Le régime ? Mon pire ennemi !

À l'âge de six ans, j'étais déjà en surpoids et mon médecin traitant de l'époque me mettait au régime pour la première fois. C'était en été et il pensait que cela allait être plus facile car selon lui, quand il fait chaud, on a tendance à manger des salades. Sauf que moi, à six ans, je détestais manger « des salades » et que même s'il faisait plus de trente-trois degrés, j'avais envie de manger un bon plat de pâtes en sauce. Je l'ai dit au docteur et il a éclaté de rire. Alors, afin de me motiver, il m'a dit qu'il me donnerait une pièce de dix francs pour chaque kilo perdu.

Au début, j'étais super motivée. Du haut de mon jeune âge, je comprenais qu'il était important pour ma santé de prendre soin de moi afin d'être une jolie petite fille, comme me le disait le docteur. Pendant un mois, je l'ai écouté à la lettre et plus les jours passaient plus je pensais à la nourriture – même dans mes rêves, je mangeais. J'étais devenue un ventre sur pattes. Manger était devenu une obsession et plus cette obsession grandissait plus mon sourire s'évanouissait et ma joie de vivre s'éteignait. Je devenais l'ombre de moi-même.

C'était horrible et ce n'était que le début.

Ce régime a été le premier d'une longue série mais à l'âge de dix-sept ans, alors que mon nouveau médecin traitant proposait à mes parents de me faire essayer le nouveau régime miracle du Dr Ducan, j'ai tapé du poing sur la table et j'ai dit stop. C'en était fini des régimes à répétition, j'étais grosse et il fallait que mon entourage l'accepte. Le médecin a commencé à me faire un sermon mais alors que je pensais que mes parents allaient prendre son parti, contre toute attente, ils ont pris ma défense, arguant le fait qu'à chaque fois que j'étais au régime, mon moral tombait dans mes chaussettes et qu'ils étaient inquiets.

Depuis ce jour, je m'accepte telle que je suis, avec mes formes. Que ça plaise ou non.

Bon, d'accord, ça n'a pas toujours été le cas. Il y a eu des moments ou le regard des gens était difficile à encaisser. Il n'est jamais agréable de se sentir dévisagé parce qu'on opte pour un plat de gnocchis au gorgonzola, jambon cru et parmesan et qu'en plus, lorsque l'assiette repart vide en cuisine, on ose commander un café gourmand. Quand on porte une taille 38, il n'y a rien de choquant à cela. En revanche, quand vous mettez une taille 52… On se sent tout de suite jugé. Ce n'est pas parce qu'on est ronds qu'on n'a pas le droit d'aimer manger.

OK, ronde était peut-être approprié quand j'avais dix ans mais aujourd'hui, il ne peut plus me définir. Lors de ma dernière visite à la médecine du travail – il y a deux ans – le docteur qui m'a reçu a calculé mon IMC (Indice de Masse Corporelle) et selon ses calculs, j'étais en obésité modérée. Enfin, je le suis toujours. Je n'ai pas perdu un gramme. Au contraire, j'ai pris du poids. Ne me demandez pas combien de kilos j'ai pris ou combien je pèse, je suis dans l'incapacité la plus totale de vous répondre. Ma balance est ma meilleure ennemie et depuis que ses piles ont lâché – l'année dernière – je n'ai plus de ses nouvelles. De toute manière, à quoi bon m'embêter à me peser ? Je suis peut-être obèse mais j'aime ma vie comme elle est. Si je maigrissais, est-ce que je changerais ? Je n'ai plus de problème avec mon poids. Comme je l'ai dit, je m'accepte telle que je suis, avec une poitrine généreuse, un cul imposant, un rire fort et un caractère bien trempé.

Je suis une bonne vivante. À part dans un cas de force majeure, je ne refuse jamais une sortie avec mes copines, un repas, un verre de vin, un gâteau. Après tout, notre passage sur Terre est compté. Depuis que nous sommes venus au monde, nous savons qu'un jour, nous mourrons. Pas très fun, mais vrai. Alors, je ne vois pas pourquoi je devrais vivre selon des normes qui ne me correspondent pas, juste pour faire « bien ». Non. Jamais, je ne vivrai comme cela. Pour moi, chaque jour vaut le coup d'être vécu à cent pour cent et pas question de vivre avec des regrets. C'est un point d'honneur que je m'efforce à respecter coûte que coûte, même quand ma guimbarde ne démarre pas du premier coup ou que mon chat, Tink, m'honore de sa chasse matinale en me rapportant une souris décapitée avant même que j'aie bu mon premier café ou que mon voisin-de-palier-canon, Dimitri, me salue en m'appelant par un prénom qui n'est pas le mien. Cela fait maintenant deux ans que nous habitons à côté l'un de l'autre et bien que nous ayons sensiblement le même âge, nous n'échangeons rien de plus que des banalités. Pourtant, ce n'est pas faute d'avoir essayé d'engager plusieurs fois la conversation mais visiblement, mon voisin-de-palier-canon se moque complètement que nous sympathisions ou non. Dommage pour lui, il ne sait pas ce qu'il loupe : j'aurais pu être son amie. Rien de plus. Je ne suis pas stupide, je ne joue pas dans la même cour que lui.

Ce mec est un Dieu vivant : un peu plus d'un mètre quatre-vingt, corps musclé, blond, yeux verts, sourire avec des fossettes au coin des lèvres qui lui donne un petit côté carrément sexy. À chaque fois que je le croise avec une fille à son bras, c'est toujours le même genre : brune, botoxée, siliconée, cheveux brushés, mince, vêtue de robe minimaliste qui couvre à peine ses fesses et juchée sur des talons hauts. Tout le contraire de celle que je suis : blonde, cheveux attachés pour la plupart du temps en chignon désordonné, naturelle, *obèse*, vêtue principalement en legging avec des tuniques arrivant à mi-cuisses et une paire de *Stan Smith* aux pieds car la dernière fois que j'ai mis une paire de talons, j'ai eu l'impression d'être un canard sur des patins à roulettes et je vous avoue que ce n'est pas terrible comme sensation.

Enfin, bref, tout ça pour dire que je suis le parfait opposé des filles qu'affectionne Dimitri. Alors, comme je le disais, je ne suis pas bête, il ne me regardera jamais comme il mange des yeux ces nanas et ça me va. Oui, vraiment, ça me va. Il aime les filles au corps de rêve et clairement, je n'en suis pas une et n'en deviendrai jamais une, non plus. Et de toute manière, j'ai d'autres chats à fouetter que de penser à mon voisin-de-palier-canon.

Quand je ne suis pas en train de profiter de la vie, je suis styliste de sous-vêtements féminins pour une maison de haute couture. L'avantage de ce boulot, c'est que pour la première partie de la création, je peux bosser chez moi : dessiner mes modèles, les coudre afin de voir si ce que j'ai imaginé dans ma tête rend bien puis je vais à la maison-mère et les propose à Judith, la responsable de *Mauricette*, petite-fille de la créatrice de l'enseigne. Les modèles qui lui plaisent partent aussitôt en atelier création tandis que les autres complètent ma propre collection personnelle – et quelques fois, avec l'accord de Judith, je les offre à ma mère ou à ma grande sœur, Agathe.

En parlant de ma frangine, aujourd'hui, je lui rends service en allant récupérer mon *amour* de filleule à l'école maternelle pour la première fois depuis qu'elle est en moyenne section. Lorsque j'arrive devant la classe, les mamans sont déjà agglutinées devant la porte comme des abeilles attirées par du miel. Dès l'instant où la maîtresse ouvre, elles se jettent sur elle afin de récupérer leurs gosses en premier.

Je lève les yeux au ciel.

— Vous ne trouvez pas qu'elles ont l'air de loups affamés ?

Je tourne la tête et hausse un sourcil en regardant l'homme qui se tient à mes côtés.

C'est à moi qu'il parle ? Visiblement oui, puisqu'il me regarde et attend une réponse.

— Je vous demande pardon ?

D'un signe du menton, il me montre les mamans.

— *Elles*, on dirait qu'elles ont peur de ne jamais récupérer leur gamin, chuchote-t-il sur le ton de la confidence.

Je lui offre un sourire.

— C'est exactement ce que je me suis dit !

— Andréa ! Y a quelqu'un pour toi ! chantonne la maîtresse.

— Désolé, c'est mon tour.

Alors qu'il ne s'est même pas avancé, la maîtresse lui envoie une petite fille brune aux yeux bleus qui lui saute dans les bras, un immense sourire aux lèvres. En même temps, cela ne m'étonne pas que l'institutrice ait remarqué ce type. Grand, brun aux cheveux bouclés, barbe de trois jours, yeux aussi bleus que ceux de la gamine ; il ne passe pas inaperçu.

Après m'avoir adressé un signe de la main, il récupère le sac à dos de la fillette sur le porte-manteau et traverse le couloir.

La maîtresse le suit des yeux et remarque enfin ma présence.

— Bonjour. Vous venez chercher qui ?

— Charline, je suis sa marraine.

— Ah oui, votre sœur m'a prévenue, ce matin.

— Charliiiine, viens vite voir qui est venue te chercher, aujourd'hui !

Ma filleule est assise sur un banc à côté de ses autres camarades restants et m'aperçoit sur le seuil de la porte. Je lui fais coucou de la main et en guise de réponse, elle souffle.

Surprise, la maîtresse me regarde et me demande sur un ton suspicieux.

— Vous… êtes sûre qu'elle vous connaît ?

Mal à l'aise, je lâche un rire gêné.

— Oui… oui ! Bien sûr.

Je fais un pas en avant et d'une voix enjouée, interpelle ma nièce.

— Charline, ma puce. Coucou ! Allez, viens voir marraine !

Elle me regarde droit dans les yeux et lorsqu'elle se lève, je pousse un soupir de soulagement qui se transforme en une sorte de cri horrifié quand elle fait le tour du banc et qu'elle s'y rassied en me tournant le dos.

J'entends des rires amusés derrière moi. Une sensation de malaise m'envahit et je sens la sueur perler sur ma nuque. Bien que j'aime cette petite fille âgée de quatre ans plus que tout au monde, elle me déteste. *Clairement.* Ou alors, selon le dicton « qui aime bien châtie bien » et si c'est le cas, je crois que ma nièce m'aime vraiment, *vraiment* beaucoup, non ?

La maîtresse s'éclaircit la gorge et je lui lance un regard désemparé.

— Je pourrais voir votre pièce d'identité, s'il vous plaît ?

Je manque défaillir.

Doux Jésus ! Elle pense que je tente de la kidnapper !

Les rires derrière moi se sont arrêtés et à la place, je sens le poids des regards lourds de reproches des personnes présentes dans le couloir. Au bord du malaise, je cherche ma carte d'identité dans mon sac à main et après ce qui me semble être une éternité, je la trouve enfin et la tends à l'institutrice.

Pendant qu'elle vérifie mon nom sur le registre, je me tourne vers les mamans et me défends avec un sourire crispé.

— Charline adore me taquiner.

Pour toute réponse, je reçois une majorité de regards désapprobateurs et quelques sourires contrits.

D'une voix ferme, la maîtresse rappelle Charline puis me rend mes papiers. Après avoir regardé par deux fois par-dessus son épaule, ma nièce se lève et me rejoint enfin. Je grommelle de vagues excuses, récupère le manteau et le sac de la petite, lui attrape la main et quitte l'école, le feu aux joues.

Ce n'est qu'une fois ma filleule attachée dans son siège auto et moi installée sur le siège conducteur que je lui demande :

— Mais enfin, Charline, pourquoi tu m'as tourné le dos ?

— Je voulais maman, répond-elle en haussant les épaules. Me suis dit que si je te voyais plus, tu allais finir par disparaître et maman serait là, à ta place.

— Charline, ma puce. Tu savais que maman ne pouvait pas venir, ce soir.

Elle hoche la tête et croise les bras sur sa poitrine.

— Elle avait rendez-vous chez le docteur qui fait des photos des bébés qui sont dans le ventre des mamans.

— Oui, tu as raison. Normalement, aujourd'hui, on va savoir si tu vas avoir un petit frère ou une petite sœur.

— Je vais avoir une tite sœur ! affirme-t-elle.

— On n'en est pas encore sûres, ma puce. On le saura, ce soir, quand maman et papa seront rentrés à la maison.

— Non, je le sais. Je vais avoir une tite sœur et on l'appellera Lucienne !

J'explose de rire.

Qu'est-ce qui peut bien passer dans la tête de cette gosse ?

— Lucienne ? Tu n'as pas trouvé plus… *vieux* et… plus *moche* comme prénom pour un bébé ?

— C'est très joli, Lucienne et on l'appellera comme ça !

— Et qu'en pensent tes parents ? continué-je, amusée.

— Ils disent qu'ils y réfléchiront.

Tu m'étonnes ! C'est une façon de lui faire croire qu'ils le feront alors qu'ils ont déjà refusé catégoriquement.

Durant le reste du trajet, ma filleule chantonne façon yaourt toutes les chansons qui passent à la radio et me crie toutes les trois minutes que « c'est la chanson de maman ». Selon ma nièce, ma sœur connaît toutes les chansons par cœur et cela me fait sourire. Agathe a toujours été comme ça, un véritable jukebox ambulant et ce n'est pas pour rien qu'elle a choisi un métier dans le domaine musical. Elle est professeur de musique dans un collège et parallèlement, elle donne des cours de guitare pour l'association de l'établissement.

Ma grande sœur et moi avons cinq ans d'écart et malgré cette différence d'âge, nous sommes très proches l'une de l'autre. Il ne se passe pas une seule semaine sans que nous nous parlions au téléphone ou que nous nous voyions – même si c'est juste le temps d'un café. Agathe est ma meilleure amie même si niveau copines, ce n'est pas ce qui me manque. J'ai la même bande d'amies depuis l'école primaire, quatre nanas qui ne me quittent jamais : Eva, Pauline, Jade et Camille. Tous les jeudis, nous nous retrouvons dans le même bar et nous buvons du vin en mangeant des tapas. Durant ces quelques heures, nous parlons librement, demandons parfois conseil, livrons nos états d'âmes sans peur du jugement et nous rions. Beaucoup. Vous n'imaginez pas à quel point j'ai besoin d'avoir ces nanas dans ma vie. Chacune a son grain de folie. Chacune son caractère. Nous sommes complètement différentes et pourtant parfaitement complémentaires.

Quand je fais le bilan de ma vie, je me dis que j'ai de la chance. Je ne fais peut-être pas une taille 38 mais je suis bien entourée et je suis bien dans ma peau. Et ça, ça n'a pas de prix !

Chapitre 1

Ambre

Ce matin, je me réveille avec la tête dans le brouillard et file directement prendre une bonne douche chaude pour me sortir de ma torpeur.

Peu avant de me mettre au lit, j'ai eu un éclair de génie, il m'était donc impossible de dormir alors qu'un nouveau modèle de soutien-gorge prenait forme dans mon esprit. J'ai pris mon *Sketch Book*[1], sorti une boîte de fusains et passé la moitié de la nuit à faire des croquis. Une fois satisfaite du résultat obtenu, j'ai cherché dans mon bureau des chutes de tissus qui pouvaient correspondre à mon idée et j'ai cousu avec les moyens du bord. Le résultat n'est pas parfait car je n'avais pas toutes les matières à disposition mais le rendu est vraiment pas mal du tout. Je pense que Judith va bien aimer cette alliance de coloris turquoise et orange et que ce nouveau modèle a toutes ses chances d'intégrer la collection printemps-été 2013 de *Mauricette*. Alors, tant pis si je n'ai dormi que deux heures, de toute

1 Sketch Book : carnet de croquis

façon, comme je le dis toujours, j'aurai tout le temps de dormir quand je serai morte – autant profiter de chaque minute de mon vivant.

Une fois douchée, habillée, coiffée et maquillée, je vais dans la cuisine et suis accueillie par les ronronnements de Tink qui vient se frotter contre mes mollets. Je me baisse, le gratte derrière une oreille puis je lui remplis son bol de croquettes et je suis remerciée par un miaulement avant que monsieur ne se jette dessus.

Je le regarde faire en souriant puis je me prépare un petit-déjeuner : un bol de chocolat chaud, deux tartines grillées avec une pointe de beurre et un verre de jus d'orange. Je ne comprends pas les gens qui se lèvent et partent directement au travail alors que ma mère m'a toujours dit qu'il fallait avoir le ventre plein pour être d'attaque pour la journée. OK, elle n'a jamais eu vraiment besoin de me répéter cette phrase, sauter un repas ? C'est presque mission impossible. Une fois, j'ai eu une panne de réveil et ne voulant pas être en retard à un rendez-vous avec Judith, je suis partie sans manger. Résultat des courses, mon ventre m'a rappelé à l'ordre et je suis tombée dans les pommes en plein milieu de ma présentation. Je ne me suis jamais sentie aussi mal à l'aise de toute ma vie. Même le mois dernier, quand je suis allée chercher Charline à l'école, je n'ai pas eu aussi honte donc pas question de réitérer l'expérience.

Mon petit-déjeuner terminé, je mets le bol et le verre dans le lave-vaisselle puis récupère mon sac à main et quitte mon appartement. Je marche pendant cinq minutes pour atteindre ma voiture que j'ai garée un peu plus loin, dans une rue perpendiculaire – trouver une place à côté de mon immeuble revient à avoir autant de chance que de gagner à l'Euro-millions ! Enfin dans ma voiture, je démarre le moteur et aussitôt, le petit voyant indiquant que je n'ai presque plus d'essence s'allume. Et mince ! Pas le temps de faire un crochet par la station, *Mauricette* étant à quelques kilomètres, je décide de ne m'en occuper qu'au retour. Je prie intérieurement qu'il n'y ait pas une manif sur la route et m'élance sur l'asphalte. Enfin, je devrais dire, mon tacot tente tant bien que mal d'avancer – il crache une énorme fumée noire et broute comme s'il allait s'arrêter en plein milieu du trafic avant de se mettre à rouler comme il faut. Du moins, autant qu'il le peut. Il faudrait que je change de bagnole mais je l'ai depuis que j'ai le permis et je n'arrive pas à me décider à m'en séparer. Je suis une sentimentale, c'est ma première voiture – une *Polo Match II TDI édition limitée* – j'ai plein de souvenirs avec elle, c'est un peu comme un membre de ma famille. Bon, OK, la comparaison est un peu exagérée mais je suis comme ça. J'ai du mal à me résoudre à la vendre, même si elle a quinze ans et qu'elle ne roule plus très droit.

OK, je retire tout ce que j'ai dit plus tôt sur ma bagnole. Cet après-midi, je vais chez un concessionnaire et je repars avec une nouvelle voiture !

On aura eu une belle aventure, toutes les deux.

Je regarde ma *Polo*, arrêtée en plein milieu de la route, les feux de détresse clignotant en rythme tandis qu'une épaisse fumée blanche s'échappe du capot. Dépitée, je pousse un profond soupir et cherche mon smartphone dans la poche de ma veste. En premier, j'appelle *Mondial Assistance* et après avoir donné la plaque d'immatriculation du véhicule, mon interlocutrice me dit qu'un dépanneur sera disponible dans une demi-heure et qu'il faut que je reste près de ma voiture. *Comme si j'allais pouvoir aller quelque part !*

Après avoir raccroché, j'appelle le bureau.

— *Mauricette*, bonjour. Eva, à votre écoute. Que puis-je faire pour vous ?

— C'est Ambre !

— Bon sang ! T'es où ? Ça fait dix minutes que la

réunion a commencé et Judith est sur les nerfs !

— Je suis pas très loin mais je suis en panne.

— Putain ! Depuis le temps qu'on te dit de changer de bagnole !

Je lève les yeux au ciel. Eva est l'une de mes meilleures amies et c'est vrai, elle et les filles m'ont répété des dizaines de fois de changer de véhicule mais j'ai toujours refusé.

— Ça va, pas la peine de revenir dessus ! Tu peux m'excuser auprès de Judith et lui dire que je lui présenterai mes modèles… demain ? Je suis obligée d'attendre le dépanneur à côté de la voiture. Je suis coincée.

— Tu rigoles ? Elle est d'une humeur de chien ! Si je lui dis ça, elle va me bouffer toute crue !

— Eva, s'te plaît ! Je te revaudrai ça !

— T'es tombée en panne, où ?

— Vers la Poste, pourquoi ?

— J'ai une idée ! Tu laisses ta bagnole là où elle est, façon elle peut plus aller bien loin, commence-t-elle en gloussant, puis tu viens jusqu'au bureau. Tu me donnes tes croquis et tu retournes à ta voiture. Normalement de la Poste à la Halle Saint-Pierre, t'en as pour max, dix minutes de marche. Ça te laisse largement le temps de faire l'aller-retour !

Je passe une main nerveuse dans mes cheveux et réfléchis à sa proposition.

Effectivement, je ne suis pas très loin à pied de mon lieu de travail, si je me dépêche, je serai revenue avant que le dépanneur ne soit arrivé mais si je confie mes croquis à Eva, je ne serai pas là pour défendre mes créations et notamment le modèle pour lequel je n'ai pas fermé l'œil de la nuit.

— Je ne sais pas trop… Qu'est-ce que tu vas dire à Judith pour les modèles ?

— Rien du tout ! Je suis pas styliste, ma puce. Je laisserai tes créations parler pour toi.

— Mais…

— Qu'est-ce qui vaut mieux ? Ne rien présenter du tout à la patronne ou montrer tes créations sans argumentation ?

Je pousse un soupir.

— OK. Tu as gagné ! J'arrive !

— Allez, courage ! Tu peux le faire !

Sur ces paroles, je raccroche et après un dernier regard pour ma voiture, je me mets en marche. Il me reste moins de vingt-cinq minutes pour faire l'aller-retour, je peux y arriver !

Vous avez déjà essayé de faire un huit cents mètres en moins de dix minutes alors que vous êtes en surpoids ? Eh bien, je peux vous assurer que c'est loin d'être une promenade de santé.

Il me faut presque un quart d'heure pour arriver chez *Mauricette* et j'ai l'impression d'avoir les poumons qui brûlent et de manquer d'air. Dès que je franchis les portes du hall d'entrée, Eva vient à ma rencontre et me lance un regard inquiet.

— Ça va, Ambre ?

À bout de souffle, je hoche simplement la tête et lui tends mes croquis.

— Le modèle orange et… turquoise est mon… préféré. Dis-lui juste qu'avec… de meilleurs tissus, le rendu sera… époustouflant, d'accord ?

Mon amie me dévisage et fronce les sourcils.

— Je crois que tu devrais t'asseoir quelques minutes. Tu es écarlate et tu sembles à l'agonie.

Même si elle n'a pas tout à fait tort, je tente de faire comme si tout allait bien et balaie l'air d'un geste de la main.

— Ça va alleeeer ! Juste le temps de reprendre ma respiration et je serai au top !

Je me penche en avant, pose mes mains sur mes cuisses, prends une profonde inspiration et me redresse. Un bourdonnement sourd résonne dans mes oreilles et la pièce se met à tourner autour de moi. In extremis, je me rattrape au bras d'Eva.

— Je crois qu'un verre d'eau me ferait du bien, en fait, dis-je d'une voix faible.

Mon amie hoche la tête puis me guide jusqu'à un fauteuil du petit salon de l'espace d'accueil et d'autorité, elle me pousse dessus.

— Assieds-toi là, j'en ai pour deux petites secondes.

Eva m'offre un sourire crispé et quitte le hall d'entrée au pas de course.

Je prends mon front entre mes mains et ferme les yeux quelques secondes, espérant ainsi faire disparaître cette sensation de tanguer comme si j'étais sur un bateau en pleine mer.

Mon cœur tambourine furieusement dans ma poitrine et j'ai la désagréable impression d'avoir quelque chose de coincé en plein milieu du plexus solaire, comme si on m'appuyait sur le thorax. Une sensation de brûlure m'envahit et je sens la sueur perler sur ma nuque. J'entends des bruits de pas se rapprocher, la voix lointaine d'Eva qui me demande si tout va bien, les battements de mon cœur, comme s'il était logé au creux de mes oreilles et puis…

C'est le trou noir.

Chapitre 2

Côme

Je n'arrive pas à comprendre qu'est-ce qu'il y a de si compliqué à saisir dans la phrase « veuillez rester près de votre véhicule dans l'attente du dépanneur » ? C'est pourtant simple, non ? Alors pourquoi la bonne femme que je dois dépanner n'est pas à côté de sa bagnole ? C'est dingue ! C'est à croire que les gens n'écoutent que ce qu'ils veulent entendre.

J'attrape mon smartphone et tente de contacter la cliente mais après plusieurs sonneries, je tombe sur la messagerie où une voix enjouée prend le relai.

— *Coucou, vous êtes bien sur le portable d'Ambre ! Je suis en train de bosser ou de faire la fête, vous pouvez me laisser un message mais si c'est urgent, tentez de me rappeler, car j'écoute mon répondeur tous les trente-six du mois ! Salut !*

Je lève les yeux au ciel et raccroche. Non seulement cette femme n'est pas là mais en plus, elle ne prend pas la peine de décrocher et laisser un message sur sa boîte vocale reviendrait au même que pisser dans un violon ! Génial ! J'appelle alors la centrale d'appels et demande si la cliente a demandé un concessionnaire spécifique pour prendre en charge son véhicule et comme il n'en est rien, je décide de faire au plus simple et le laisser au garage de Gabin. De toute façon, peu importe l'endroit où je vais déposer cette voiture, si vous voulez mon avis, les réparations vont coûter plus cher que ce qu'elle vaut. À moins que la nana connaisse un mécanicien qui pourrait lui faire le boulot au black et encore, je pense qu'il vaut mieux pour elle qu'elle en rachète une autre.

Je retourne dans mon camion et récupère mon matériel. Je reviens vers la *Polo*, attache mon câble derrière le pare-chocs avant puis, à l'aide de ma télécommande, je fais monter le véhicule sur le plateau. Heureusement que la voiture est tombée en panne en plein milieu d'une ligne droite car si tel n'avait pas été le cas, il aurait été bien plus compliqué de la remorquer sans les clés pour pouvoir bouger le volant afin de remettre les roues droites. Une fois le véhicule sur la dépanneuse, je l'attache solidement avec des sangles puis je remonte dans mon camion et avant de prendre la route, je tente de rappeler la cliente. Au moment où je pense que je vais de nouveau tomber sur la boîte vocale, la femme répond :

— A…allô ?

— Bonjour, madame ! C'est le dépanneur pour votre véhicule ! Je viens de…

— Ce n'est pas ma voiture, c'est celle de mon amie, me coupe-t-elle d'une voix blanche.

— OK, est-ce que je peux parler à votre compagne ?

— Ma… *quoi* ? Ce n'est pas ma compagne ! C'est une copine !

C'est quoi ce délire ? La nana a l'air complètement à l'ouest et moi, je commence à perdre patience.

— Écoutez, madame, je me fiche de savoir s'il s'agit de la voiture de votre compagne, amie, cousine ou… peu importe ! J'ai juste besoin de lui parler pour lui dire où j'emmène sa voiture puisqu'elle n'est pas restée à côté comme on le lui a demandé !

— Ça ne va pas être possible. Elle…

La bonne femme au bout du fil éclate en sanglots et je me retrouve comme un con.

— Euh… madame ?

— Excusez… moi. Je suis encore sous le choc. Elle… est à l'hôpital, je crois qu'elle vient de faire une crise cardiaque mais c'est pas possible, on fait pas des trucs comme ça à vingt-cinq ans !

Soudain, je me sens minable. Moi qui râlais parce qu'elle n'était pas là, comment le pourrait-elle si elle a failli y passer ?

— Je suis désolé, madame. J'espère que votre amie va s'en sortir.

— Moi aussi, répond-elle en sanglotant.

— Écoutez, je vais déposer sa voiture au garage Floquet et expliquer la situation au responsable. Dès que votre amie sera sur pieds, elle pourra y aller, d'accord ?

— OK. OK. D'accord… Quel garage, vous avez dit, déjà ?

— Dès qu'on raccroche, j'envoie un message sur ce téléphone avec toutes les informations, ça sera plus simple comme ça, ça vous va ?

— D'accord. Merci, monsieur.

— Y a pas de quoi. Bon courage, madame.

Je raccroche, pose mon téléphone sur le tableau de bord et passe une main dans mes cheveux. La propriétaire du véhicule a le même âge que moi et vient de faire un malaise cardiaque. Ben merde alors ! Même si je ne la connais pas, j'espère qu'elle va s'en sortir, ça serait vraiment dommage de mourir aussi jeune.

Je prends la route et durant tout le trajet, je pense à cette nana. Je n'imagine pas passer l'arme à gauche maintenant. Il y a tellement de choses que je n'ai pas encore accomplies, tellement de pays que j'aimerais découvrir. Si je mourais aujourd'hui, j'aurais fait quoi de ma vie ? Je n'ai pas été particulièrement brillant à l'école mais grâce à l'aide de mes parents qui m'ont prêté l'apport personnel pour créer mon entreprise, j'ai pu monter ma société de remorquage, il y a deux ans et je ne m'en sors pas trop mal – j'ai même déjà réussi à leur rembourser la moitié de la somme. Mais à part ça ? Je ne suis pas en couple, n'ai pas d'enfant, ne suis pas propriétaire de mon logement, la seule fois que je suis sortie de la France, c'était en quatrième pour un voyage en Angleterre avec le collège.

Ma vie n'est pas trépidante, c'est toujours la même routine. Boulot, salle de sport, maison. Quelques fois, je rends service à Gabin et récupère sa fille à l'école. Tous les vendredis, je retrouve mes potes, Aziz et Édouard, et on passe le début de soirée à jouer à *Black Op*s avant d'aller au *Bar des délices*. Là-bas, on passe la nuit à parler, boire, rire, draguer des filles. De temps à autre, Gabin nous rejoint mais comme il est en couple depuis déjà dix ans avec Nathalie, son amour de jeunesse, il n'est plus très intéressé par ce type de soirée. Mais parfois, avec les mecs, on abuse un peu trop et je suis obligé de l'appeler en pleine nuit afin qu'il vienne nous chercher et même s'il le fait en râlant, il vient toujours.

Gabin, c'est mon frangin et mon opposé. Marié, père de famille, en accession à la propriété pour sa maison, responsable du garage familial depuis que notre père a décidé de se retirer doucement des affaires. Lui et sa femme ont déjà plusieurs voyages à leur actif. J'ai l'impression qu'il vit sa vie tandis que moi, je me contente d'être le simple spectateur de la mienne. En revanche, et ce que je m'apprête à dire est plutôt en contradiction avec ce que je viens d'avouer, j'ai la sensation d'être un meilleur vivant que lui. Déjà, rien qu'au premier abord, mon frère a tout du trouduc coincé : cheveux coupés très courts comme s'il était dans l'armée, toujours en costard-cravate, pas vraiment souriant ni avenant ni drôle ou encore déconneur. Mais c'est mon frangin et mon meilleur ami. On ne dirait pas comme cela, je sais mais c'est la seule personne en qui j'ai une confiance absolue. Il est mon double. Il y a des jours où j'aimerais lui mettre un coup de pied au cul pour qu'il se déride un peu mais quand on le connaît, c'est un type super.

D'ailleurs, quand on parle du loup… Mon frère est sur le parc-autos avec un couple et leur montre une voiture. Je lui adresse un signe de la main auquel il répond par un léger hochement de tête et je gare mon camion afin de décharger la voiture. En moins de trois minutes, l'affaire est pliée mais je dois encore faire le point avec Gabin au sujet de la cliente. Alors, en attendant qu'il termine, j'entre dans le garage et salue le personnel avant d'aller à l'étage où se trouve l'administration. Je vais jusqu'au bureau de mon père et après avoir frappé deux coups légers, j'entre sans attendre qu'il m'y invite.

— Salut, le vieux ! Comment ça va, aujourd'hui ?

Il lève la tête de son écran d'ordinateur et m'offre un immense sourire.

— Salut, gamin ! Ça va bien et toi ?

— Toujours au top ! réponds-je en le prenant dans mes bras.

Mon père m'offre une accolade virile puis il se rencogne dans son fauteuil tandis que je me laisse tomber sur le canapé.

— Alors… qu'est-ce que tu fiches, ici ? T'as pas des voitures à t'occuper ?

— Justement, je viens d'en déposer une au garage mais je suis obligé d'attendre Gab.

— Pour quoi faire ? Le client peut se débrouiller directement avec lui ou je peux m'en charger, si besoin.

— Justement… c'est ça, le souci. Avant que j'arrive, la cliente a fait une crise cardiaque, elle est donc à l'hôpital et si ça trouve, à l'heure qu'il est, elle ne sait toujours pas que sa caisse est ici. Elle est peut-être même morte, qui sait ? Et en plus, elle a mon âge, pa ! Tu te rends compte ?

— Seigneur ! Si jeune pour avoir ce genre de choses. J'espère qu'elle va s'en remettre !

— C'est ce que j'ai dit à son amie.

Durant quelques secondes, le silence s'installe entre nous jusqu'à ce que mon père le rompe.

— Eh bien, maintenant que tu m'as mis au courant de la situation, je me chargerai de prévenir ton frère. Quant à toi, retourne bosser ! Ton emprunt ne va pas se rembourser en te tournant les pouces !

Je lève les yeux au ciel, me lève puis en lui répondant, je lui adresse le salut militaire.

— À vos ordres, chef !

Il secoue la tête, un sourire amusé au coin des lèvres. Je le rejoins, lui fais une bise sur la joue puis sors de son bureau.

Alors que je descends les escaliers menant au hall d'exposition des véhicules, j'entends la voix de mon frère en pleine argumentation et trace mon chemin sans le saluer afin de le laisser tranquille durant sa vente. En revanche, je m'arrête au niveau de l'espace clients et prends rapidement un café à la machine avant de retourner à ma dépanneuse. Une fois dehors, je m'arrête devant mon camion et allume une cigarette. Je tire une longue taffe dessus et alors que j'expire la fumée, je me rends compte que si je ne veux pas finir comme ma dernière cliente, je ferais mieux d'arrêter ces conneries. Sans réfléchir, je jette ma clope au sol et l'écrase du bout du pied jusqu'à ce qu'elle se déchire puis je vais jusqu'à la poubelle la plus proche, sors mon paquet de ma poche, le serre dans ma main et le balance dans la boîte à ordures.

Je crois que ce qui vient de se passer me fait prendre conscience d'une chose : si je veux réaliser mes rêves, il faut d'abord que je commence à prendre soin de moi. Pas question de caner alors que je n'ai qu'un quart de siècle !

Chapitre 3

Ambre

Bip.

C'est étrange.

Bip.

J'ai l'impression d'être dans du coton.

Bip.

Je serais au top s'il n'y avait pas ce bip *strident juste à côté de mes oreilles.*

Bip.

Quoi que… il y a un truc qui me gêne dans la gorge. Comme si j'avais quelque chose de coincé à l'intérieur.

Bip.

C'est ça ! Y a un truc dans ma gorge !

J'ouvre les yeux et panique en réalisant que j'ai un tube dans la gorge, un tuyau relié à mes narines et des électrodes posées sur ma poitrine, le tout relié à des machines. Je tourne la tête, mon regard tombe sur les murs jaune coquille d'œuf de la pièce.

C'était ça, le bruit ! Je suis à l'hôpital. Mais qu'est-ce que je fiche à l'hosto ?

Une infirmière arrive à mon chevet et pose une main sur mon avant-bras.

— Bonjour, Ambre. Vous nous avez fait peur ! Vous savez où vous êtes ?

Le tube dans ma gorge m'empêchant de parler, je hoche simplement la tête.

— Très bien, je suis Mélanie, l'infirmière en charge de votre dossier. Ne bougez pas, vous risquez de vous faire mal. J'appelle immédiatement le docteur afin qu'il vous extube et qu'il vous explique ce qui vous est arrivé, d'accord ?

Ayant une trouille bleue de faire une bêtise, cette fois, je cligne simplement les paupières. L'infirmière m'offre un sourire rassurant et quitte la pièce. Quelques minutes plus tard, elle revient accompagnée d'une doctoresse.

— Bonjour, Ambre. Ravie de vous voir enfin réveillée. Je suis le docteur Moreau. Je vais enlever le tube qui est dans votre gorge mais pour cela, vous allez devoir m'aider un petit peu en toussant, d'accord ? Je vous préviens, c'est désagréable et légèrement douloureux mais dès qu'il sera retiré, vous vous sentirez tout de suite mieux. Prête ?

Je cligne des paupières.

— OK. À trois : toussez ! Un. Deux. Trois !

Je tousse et sous l'effet de la nausée, la bile me monte à la gorge en même temps que le tube en sort. Cependant, la doctoresse avait raison : maintenant que le tuyau n'est plus là et même si j'ai l'impression qu'il y est toujours – un peu comme une personne amputée qui est atteinte du syndrome du membre fantôme et qui ressent toujours sa présence – l'extraction a été rapide et je me sens déjà bien mieux. Machinalement, je mets ma main sur ma gorge et pousse un soupir de soulagement.

— Ambre, savez-vous ce qui vous est arrivé ? demande le médecin.

Je fronce les sourcils et cherche dans mes souvenirs. Je me rappelle que j'étais chez *Mauricette* et que j'ai déposé mes croquis à Eva pour qu'elle les montre à Judith pour moi. En revanche, je ne me rappelle pas pourquoi je lui ai laissé mes dessins.

Je réponds à la doctoresse.

— Pas de tout. J'étais au boulot, j'apportais mes croquis pour une réunion et… c'est le trou noir.

— Vous avez fait une crise cardiaque.

— Une… *crise cardiaque* ? répété-je, hébétée.

— C'est exact. Votre cœur s'est emballé avant de faire plusieurs arrêts.

— *Plusieurs* ?

Elle hoche la tête.

— Trois, pour être précise.

Ma respiration se coince dans ma cage thoracique et je sens mon sang quitter mon visage.

— J'ai… failli *mourir*, lâché-je d'une voix blanche.

— Oui, mais vous avez eu de la chance de ne pas avoir été seule au moment de votre malaise cardiaque. Votre amie a prévenu les secours à temps et nous avons pu vous soigner rapidement. Nous avons dû faire une angioplastie.

Comme j'ai l'air complètement perdu, elle prend le temps de m'expliquer la procédure.

— Nous avons inséré, dans une artère au niveau de l'aine, un cathéter très fin qui a fait son chemin jusqu'à l'artère obstruée. Là, nous avons gonflé le ballonnet se situant à son extrémité de ce tout petit tuyau, ce qui a eu pour conséquence de dilater l'artère et ainsi écraser le caillot qui s'y trouvait. Pour finir, nous avons mis en place un stent[2] afin que l'artère conserve un diamètre correct, une fois le cathéter retiré. Mais… Il y a eu une légère complication.

J'ouvre de grands yeux et lâche un long soupir tremblant.

Combien de fois ai-je failli mourir aujourd'hui, en fait ?

— Ne vous en faites pas, Ambre, m'informe-t-elle dans un large sourire. Tout est rentré dans l'ordre. Vous êtes sortie d'affaire simplement, vous allez avoir une longue convalescence et il va vous falloir revoir votre mode de vie mais avant cela, vous devez vous reposer ! Nous allons vous garder quelques jours et je reviendrai demain vous parler du protocole que nous allons mettre en place, d'accord ?

Abasourdie par toutes ces informations, je suis incapable de prononcer un mot et hoche simplement la tête.

— Très bien. Je vous laisse vous reposer mais avant, je crois qu'il y a quelqu'un qui aimerait vous voir. Un peu de visite, ça vous va ? chantonne-t-elle.

2 *Stent ou tuteur vasculaire est un dispositif glissé dans une cavité naturelle humaine pour la maintenir ouverte. Il s'agit donc, le plus souvent, d'un support artériel.*

J'offre un sourire à la doctoresse et elle se dirige vers la porte. Elle l'ouvre et tel un seul homme, mes parents, ma sœur et Eva entrent dans la pièce.

Oui, quelqu'un, *en effet.*

— Pas plus de cinq minutes, Ambre a besoin de repos, dit le médecin sous amphètes avant de nous laisser.

Eva vient à mon chevet la première, me colle un bisou sur le front et murmure à mon oreille :

— Ne me refais plus jamais un coup pareil ! J'ai eu la peur de ma vie.

Elle s'écarte et s'essuie rapidement les yeux.

— Je vais essayer, dis-je d'une voix enrouée que j'ai du mal à reconnaître.

Mon amie m'offre un sourire et recule d'un pas. Ma mère prend immédiatement sa place, le visage rongé par l'inquiétude.

— Mon bébé, geint-elle en me prenant la main.

Je grimace.

— Mamaaaan !

— Que tu le veuilles ou non, tu resteras toujours mon bébé et dans des circonstances pareilles, encore plus. J'ai eu si peur de te perdre, dit-elle dans un sanglot.

— Je suis désolée, maman.

— Ce n'est pas ta faute, ma puce, intervient Agathe.

Je hausse un sourcil et penche la tête de côté.

— Un peu quand même, continué-je.

— Tu n'as pas fait exprès de faire une crise cardiaque, renchérit ma mère.

— C'est sûr mais je suis bien consciente que mon mode de vie y est pour beaucoup.

— C'est ce que t'a dit le médecin ?

— Pas vraiment. Elle m'a dit que nous en parlerons plus demain, qu'il fallait d'abord que je me repose.

Mon père s'approche enfin du lit et les larmes aux yeux, se penche au-dessus de moi et m'embrasse sur le front.

— On va te laisser te reposer, mon ange. Avec maman, on va passer chez toi récupérer des affaires et donner à manger à ton chat ensuite, on revient te voir, OK ?

— Merci, papa.

Il passe une main dans mes cheveux puis un bras autour de la taille de ma mère. Agathe vient à son tour me faire un bisou puis tous les trois quittent ma chambre tandis qu'Eva ne bouge pas.

— Tu peux y aller, toi aussi. Je crois que je vais dormir un peu.

— Non, je vais rester avec toi. J'ai eu tellement peur tout à l'heure que je ne veux pas te laisser seule. Ça ne te dérange pas ?

Je secoue la tête.

— Pas du… touuut, réponds-je dans un bâillement.

Eva s'assoit sur le fauteuil réservé à la famille, me prend la main et me sourit. Mes paupières sont lourdes et je les cligne plusieurs fois afin de maintenir mes yeux ouverts.

— Repose-toi, Ambre.

J'adresse un faible sourire à mon amie et lorsque je ferme les yeux, je plonge aussitôt dans les bras de Morphée.

J'ai passé la pire nuit de toute ma vie !

Les bips des machines reliées à ma poitrine n'ont pas arrêté de sonner. Toutes les deux heures, le personnel soignant est venu prendre mes constantes, m'empêchant de trouver le sommeil. Le cathéter inséré sur le dessus de ma main droite – qui au passage, a pris une jolie teinte bleu-violet – me fait un mal de chien. Et pour couronner le tout, le monsieur de la chambre d'à côté semble perdre un peu la boule. Quand les infirmières ne me réveillaient pas, c'est ce brave homme qui s'en chargeait. Il n'a pas arrêté d'appeler une certaine Marguerite en criant qu'il avait faim ou d'aboyer des ordres comme s'il était Sergent major dans l'armée. Vers les cinq heures du matin, il s'est finalement endormi et lorsque j'ai commencé à sombrer à mon tour, j'ai été de nouveau dérangée mais cette fois, pour le petit-déjeuner… à cinq heures cinquante ! Heureusement que j'ai pu un peu dormir hier après-midi car cette nuit a été tout, sauf de tout repos ! Et dire que c'est la seule recommandation que m'avait faite la doctoresse !

Mais bon, je n'ai pas le droit de me plaindre : *je suis vivante.*

Je pousse un profond soupir et regarde tout autour de moi. La chambre se voulait de couleur blanche mais au fil des années, a jauni et la peinture s'écaille même par endroit. Les plinthes sont striées des marques laissées par les roues des brancards. Je me demande combien de personnes ont été ici, avant moi et combien en sont ressorties, les pieds devant ? Les bips des machines fendent le silence de la pièce et si cette nuit, ils m'ont horripilée, ce matin, ils me donnent le sourire car ils me font réaliser à quel point, je suis chanceuse. *Je suis vivante.*

La porte de la chambre s'ouvre et entre une nouvelle infirmière, une métisse d'une cinquantaine d'années.

— Bonjour, mademoiselle Dufour. Je suis Cécile, c'est moi qui vais m'occuper de vous en journée, cette semaine. Comment vous sentez-vous, aujourd'hui ?

— Vivante.

L'infirmière m'offre un sourire approbateur puis elle s'approche du lit, récupère mon dossier et le parcourt des yeux.

— Pour commencer, je vais prendre votre tension artérielle et ensuite, si vous vous sentez capable de vous lever, je vous emmènerai aux toilettes, d'accord ?

— OK !

Comme un fait exprès, ma vessie que j'avais complètement oubliée jusque-là manifeste sa présence et maintenant, je ne pense plus qu'à ça. Je croise mes jambes, remue frénétiquement mes pieds et Cécile pose une main sur mon avant-bras.

— Plus vous remuez, moins je peux prendre votre tension, jeune fille. Encore deux petites minutes et vous serez sur le trône, dit-elle sur le ton de la confidence.

J'éclate de rire et arrête de bouger.

Quelques secondes plus tard, l'infirmière annonce joyeusement que j'ai 12,6 et que je peux me lever. Elle retire les électrodes sur ma poitrine puis elle place ma perfusion sur le pied amovible et Cécile me tend sa main. Je la saisis, passe mes jambes par-dessus le lit et lorsque mes pieds touchent le sol, j'ai l'impression que mon corps n'arrive pas à me soutenir et je me retiens à l'infirmière. Je ne comprends pas. Je ne suis pas restée alitée longtemps, je n'ai pas de problèmes aux jambes alors pourquoi mon corps réagit de cette manière ?

Je lance un regard inquiet à Cécile.

— Ne vous inquiétez pas, Ambre. C'est normal. Votre corps a subi un sacré traumatisme, hier. Si vous voulez, on peut tenter plus tard et je vous donne un bassin pour…

Je l'arrête d'un signe de la main.

— Non. Non-non-non, pas de bassin. Je vais y arriver.

L'infirmière me lance un regard bienveillant et m'aide de nouveau. Il me faut plusieurs tentatives mais je réussis et une fois que je suis allée aux toilettes, je demande si je peux prendre une douche.

— Laissez-moi m'occuper de vous, aujourd'hui et demain, je vous promets que vous le ferez toute seule, d'accord ?

Je grommelle un vague OK. Je n'ai pas vraiment envie qu'elle me lave mais je n'ai pas vraiment le choix. Bien que je sois reconnaissante d'être toujours en vie, il me tarde déjà de retrouver mon chez-moi !

Chapitre 4

Ambre

Je passe une partie de la matinée en compagnie de Cécile et d'autres aide-soignants et une fois mes soins effectués, je me retrouve seule jusqu'à l'arrivée de mes parents. Bénie soit ma mère qui m'a rapporté mon chargeur de téléphone, une tonne de magazines de mode et a même pensé à récupérer ma liseuse afin que je trouve le temps moins long. Ma mère, mon héroïne. Elle sait combien il m'est important de m'évader en lisant et nul doute qu'à l'hôpital, je vais avoir sacrément besoin de m'aérer l'esprit.

Je demande à mon père de mettre mon smartphone en charge et après l'avoir fait, il s'assoit sur le fauteuil à côté du lit et se met à lire. Je le regarde faire, un sourire aux lèvres. Pas besoin de chercher bien loin pour savoir de qui j'ai pris le goût de la lecture.

Ma mère commence à me raconter les dernières bêtises de ma filleule – qu'ils gardent un mercredi sur deux en alternance avec les parents de Pierrick, mon beau-frère. Sa dernière en date : elle a pris tous les pyjamas bleus que ma sœur a achetés pour son petit frère et les a bariolés de rose. Cette gamine a décidément un sacré tempérament ! Charline soutient mordicus qu'elle aura une « tite sœur » et Agathe a beau lui répéter que non, elle ne veut rien savoir. Elle n'a que quatre ans et je souris en l'imaginant adolescente, en songeant que je suis bien contente d'être à ma place de tatie plutôt qu'à celle de ma sœur.

Mon smartphone étant suffisamment rechargé, je le rallume et il émet plusieurs signaux sonores. Je consulte mes messages. J'en ai reçu une quinzaine, la plupart de mes amis qui veulent savoir comment je vais, l'un de ma patronne me félicitant pour mes derniers croquis et me souhaitant un prompt rétablissement et enfin celui venant d'un numéro inconnu.

« *Bonjour, je suis le dépanneur de votre véhicule. Comme dit à votre amie au téléphone, j'ai laissé votre voiture au garage Floquet* Père & Fils, *dont voici les coordonnées. Bon rétablissement.* »

J'écarquille les yeux. J'avais complètement oublié ma voiture !

— Papa ? Tu connais le garage Floquet ?

Mon père lève les yeux de son livre.

— Oui, rappelle-toi, c'est là où j'ai acheté mon dernier 4x4.

Je hausse les sourcils.

— J'étais pas avec toi. Comment veux-tu que je m'en rappelle ?

— C'est vrai, mais on t'a dit que l'homme qui nous avait vendu la voiture était super sympa.

— Oui, c'était le gérant, renchérit ma mère. Un homme d'environ notre âge, très serviable et souriant.

« Super sympa. Très serviable et souriant » Tu m'étonnes ! Il a dû les voir arriver à des kilomètres et les a brossés dans le sens du poil pour faire une vente, oui !

— Pourquoi tu me poses cette question ? reprend mon père.

— Le dépanneur a emmené ma voiture là-bas.

— Tu devrais t'en séparer, intervient ma mère. Elle n'est plus assez fiable et avec ta santé… tu n'as pas besoin de ça en plus. On peut même t'avancer l'argent, si tu veux !

Je secoue la tête.

— Ce n'est pas une question d'argent, maman. J'ai des économies pour m'en racheter une nouvelle. C'est juste que j'aime ma voiture mais tu as raison, je vais devoir en changer.

Ma mère laisse échapper un soupir de soulagement et m'offre un sourire.

— OK, mais si tu as besoin d'un petit coup de main, n'hésite pas.

— Eh bien, il faudra que quelqu'un m'emmène au garage pour que je voie ce qu'il est possible de faire donc… vous pourrez m'y déposer ?

— Bien sûr, ma chérie, mais chaque chose en son temps. Avant de penser à ta voiture, pense déjà à te refaire une santé.

J'acquiesce et je reporte mon attention sur mon téléphone. Je relis le message du dépanneur et je ne sais pas pourquoi, son « bon rétablissement » me touche. Il ne me connaît pas et pourtant, il me souhaite de me remettre.

Sur un coup de tête, je lui envoie un message.

« `Bonjour, je viens de rallumer mon téléphone. Je vous remercie pour ces informations. Bonne journée.` »

Je m'apprête à reposer mon smartphone sur la table de chevet lorsqu'il vibre de nouveau.

« Ravi de vous savoir réveillée. Portez-vous bien ! »

Je souris bêtement et pose mon téléphone.

Il y a encore des gens gentils sur Terre.

Finalement, la doctoresse n'est pas venue me voir, aujourd'hui. Je n'en sais toujours pas plus sur ce qui va m'attendre une fois que je serai sortie de l'hôpital et maintenant que je suis toute seule, dans cette chambre qui me semble de plus en plus étroite, je ne cesse d'y réfléchir.

Il est évident que si je veux continuer de vivre, il va falloir que je perde du poids mais à l'idée de subir de nouveaux régimes, je sens mes poils se hérisser. Quand je pense au mot « régime », tout ce qui me vient à l'esprit est « privation ». Même si je sais que c'est crucial pour ma santé, il n'y a rien à faire, cela me ronge déjà.

— Margueriiiiiiiite ! Margueriiiiiiiite ! Où es-tu ?

Et voilà que le monsieur d'à côté recommence !

— Margueriiiiiiiite ! J'ai faim !

Je regarde l'heure sur mon téléphone : 1 h 02. La nuit va être longue.

Durant de longues minutes, le vieil homme continue d'appeler cette fameuse Marguerite et je n'ai pas l'impression qu'un membre de l'équipe médicale va le voir. Ses cris de désespoir me fendent le cœur et alors que je suis censée rester alitée et ne pas me lever sans la présence d'une infirmière, lentement, je passe mes jambes par-dessus le lit et avec précaution, me lève. D'un pas mal assuré, je marche jusqu'à la porte, l'ouvre et me retrouve dans le couloir. Je me laisse guider par les « Marguerite » du vieillard et m'arrête à deux chambres de la mienne.

Je prends une profonde inspiration, frappe deux coups légers à la porte et entre.

La pièce est plongée dans l'obscurité alors, j'appuie sur l'interrupteur de la salle de bains et entrebâille légèrement la porte afin de laisser passer le rai de lumière. L'homme est allongé dans son lit et me semble aussi blanc que les draps qui le recouvrent. Il tourne la tête dans ma direction et me fixe.

— Marguerite, c'est toi ?

Je hoche la tête.

— Je m'appelle Ambre.

Il balaie l'air de la main.

— Je vous connais pas. Je veux Marguerite.

— Elle n'est pas là, dis-je d'une voix douce. Si vous voulez, je peux rester avec vous pour que vous ne l'attendiez pas tout seul. Qu'est-ce que vous en dites ?

Il hausse les épaules et je prends ce mouvement d'humeur pour un oui.

Je m'approche du lit et m'assieds sur le fauteuil à côté. Cela me fait bizarre de me retrouver dans cette situation alors que depuis deux jours, je la vis dans le sens inverse.

Durant plusieurs minutes, aucun de nous deux ne prononce un mot. Lui, les mains croisées sur son ventre, le regard obstinément tourné vers le plafond tandis que je le regarde, attendant qu'il veuille bien accepter ma présence. Au bout de ce qui me semble être une éternité, je décide de rompre le silence.

— Alors… comment vous appelez-vous ?

Le vieillard reporte son attention sur moi et malgré son visage fripé et sa pâleur, son regard est vif.

— Qu'est-ce que ça peut vous faire ?

— C'est pas banal, comme nom : qu'est-ce que ça peut vous faire, répété-je avec un sourire amusé.

L'homme éclate de rire qui se transforme rapidement en une quinte de toux. Je cherche autour de moi et attrape sur la table de chevet une carafe d'eau puis remplis également le verre posé à côté et le tends au monsieur.

— Tenez, buvez.

Il s'exécute et une fois son calme retrouvé, me rend le verre.

— Merci, ma petite.

— Avec plaisir.

Il me sourit puis il attrape ma main.

— Je m'appelle Gustave mais mes amis m'appellent Gus.

— Enchantée, Gustave.

— Gus, ma petite.

Je souris à Gus et il relâche ma main.

— Comment tu as dit que tu t'appelais, déjà ?

— Ambre.

— Comme la pierre précieuse ?

J'acquiesce.

— Ça te va bien. Une jolie pierre pour une jolie fille.

J'éclate de rire et Gus me sourit encore.

— Vous n'êtes qu'un beau parleur !

— Pas du tout, je suis peut-être un vieux croulant mais je sais encore reconnaître une jolie femme quand j'en vois une.

— Si vous le dites…

— Tu sais, Précieuse, tu me fais penser à ma Marguerite. Elle était comme toi : bien en chair et belle comme le jour. C'était la femme de ma vie, la mère de mes fils, ma meilleure amie. C'était une bonne vivante, toujours le sourire, le cœur sur la main. Elle m'a supporté pendant soixante petites années. Elle est morte l'année dernière.

— Elle semblait merveilleuse.

— Oh oui, elle l'était, Précieuse. Elle l'était.

Il pousse un profond soupir et j'attrape sa main.

Nous laissons le silence retomber entre nous et je ne sais pas s'il en est de même pour Gus mais pour moi, être en sa présence me fait du bien.

Chapitre 5

Ambre

Cela fait maintenant dix jours que je suis hospitalisée et même si mes journées sont bien remplies entre les soins médicaux et les visites de mes parents ainsi que celles de mes amies, les jours me paraissent interminables. En revanche, j'ai l'impression que mes nuits passent à la vitesse de la lumière. Dès que les visites sont terminées, je sors de ma chambre et vais rejoindre Gus.

Pendant des heures, je l'écoute me parler de sa vie, sa jeunesse passée à Toulon avant que ses parents déménagent pour Paris, les matchs de rugby avec ses copains, les sorties à motos, les filles et… Marguerite. Il l'a rencontrée peu avant la Seconde Guerre Mondiale, elle avait seize ans, lui dix-huit. Ça a tout de suite été le coup de foudre mais quand la guerre a éclaté, ils ont été séparés avant de se retrouver et ils ne se sont plus quittés jusqu'au décès de Marguerite. Gus s'est battu pour son pays tandis que Marguerite, malgré son jeune âge, aidait à l'hôpital militaire. Là, elle soignait les blessés, donnait son sang. Tous deux, à leur façon, ont participé à sauver notre pays, comme l'ont fait également mes grands-parents.

Ensuite, Gus me parle de ses fils. Paul, l'aîné, décédé dans un accident de voiture à l'âge de vingt-deux ans et Jacques, garagiste, marié depuis plus de vingt ans avec Maryse, père de jumeaux et grand-père d'une petite-fille, la première depuis des générations. Il m'avoue que les enfants de Jacques ne viennent pas souvent le voir et je me rends compte qu'il en est de même pour moi et mes grands-parents. Je me promets qu'à ma sortie de l'hôpital, je passerai plus de temps avec eux comme je le fais avec Gustave.

— Je suis sûre qu'ils doivent être occupés mais qu'ils pensent à vous.

— Oh oui, ils sont débordés. Tu sais, ils sont tous les deux patrons de leur entreprise.

— Vous devez être très fier d'eux.

— Je le suis. Ils sont jeunes, ont la tête sur les épaules mais ils n'ont pas encore compris qu'ils ne se concentraient pas sur les bonnes choses.

— Que voulez-vous dire ? Mes parents m'ont toujours dit qu'il fallait travailler dur pour réussir dans la vie et visiblement, vos petits-fils l'ont compris alors… pourquoi dites-vous ça ?

— Eh bien, Précieuse, dans ce cas tes parents et toi n'avez rien compris non plus !

Je hausse un sourcil et attends qu'il poursuive.

— Dans la société actuelle, il est primordial d'avoir un travail pour payer ses factures et avec ça, je suis d'accord mais mes petits-fils passent leur temps à bosser et ils ne profitent pas vraiment de la vie. Y en a bien un des deux qui a fait quelques voyages, mais sinon ? Ils passent leur temps à bosser et à être sur leur téléphone portable. Vous avez tout un tas de trucs que je ne comprendrai jamais : internet, les portables… Ça vous facilite la vie, c'est vrai, mais ça vous pollue l'existence. C'est ça, la vie ? De mon temps, on n'avait rien mais on vivait bien mieux que vous, les jeunes d'aujourd'hui.

— Hey ! m'offusqué-je. Je suis bien meilleure vivante qu'eux !

— Mais tu es avec moi, ici, à l'hôpital. Tu as failli y passer, Précieuse.

Je grimace et croise les bras sur ma poitrine.

Gus a raison. Je croyais que je vivais pleinement ma vie alors qu'elle a failli s'arrêter bêtement. Tout ça pour le boulot parce que je me suis pressée pour apporter mes croquis à Eva et que je ne suis pas capable de faire huit cents mètres sans être essoufflée. J'ai fait une crise cardiaque à vingt-cinq ans. *Vingt-cinq ans*. Normalement, à cet âge, on est censés avoir la vie devant nous, profiter de chaque instant et voilà que je suis à l'hôpital et la personne dont j'apprécie le plus la compagnie est Gustave, ce vieux monsieur âgé de quatre-vingt-douze ans.

— Pourquoi tu fais cette tête, Précieuse ?

Je reporte mon attention sur Gus et il scrute mon visage attentivement.

— Tout va bien ! réponds-je sur un ton faussement enjoué.

— Et moi ? Je suis le Prince Charles ! Allez, crache le morceau !

— C'est juste… que… j'ai vingt-cinq ans et j'ai failli mourir, Gus. Quand je vous écoute me raconter votre vie, je me dis que j'ai failli ne rien n'avoir de tout ça.

— Mais tu es vivante, Précieuse, dit-il en prenant ma main. Tu es vivante et tu devrais voir ta crise cardiaque comme une seconde chance. Toi seule est le maître de ton destin. Tu as toutes les cartes en main pour être heureuse.

Il m'offre un sourire et je noue mes doigts aux siens. Le silence retombe entre nous et comme les nuits précédentes, je m'endors sur le fauteuil à côté de mon ami.

Le lendemain matin, nous sommes réveillés par le grincement de la porte de Gus.

Je vais encore me faire enguirlander d'avoir passé la nuit sur un fauteuil plutôt que dans mon lit.

Je me redresse brusquement et un rire s'élève dans la chambre.

— Pas la peine de vous presser, Ambre. On vous a vue !

Je laisse échapper un rire surpris auquel la dame répond par un clin d'œil avant de reprendre sur un ton moralisateur :

— Je sais que Gustave et vous appréciez la compagnie l'un de l'autre mais vous devez vous reposer, vous aussi, Ambre, et ce n'est pas dans le fauteuil réservé aux familles pendant les visites que vous optimisez votre convalescence.

Je lui adresse une moue contrite.

— La prochaine fois, je la mettrai dehors avant qu'elle s'endorme, Jeanine, intervient Gus.

L'aide-soignante sourit à mon ami puis elle récupère un plateau qu'elle pose sur la tablette devant le lit et l'approche de Gus. Ensuite, elle retourne à son chariot, récupère un deuxième plateau et le pose sur mes jambes.

— Si on vous voit ici, avec votre petit-déjeuner, je nierai vous l'avoir donné là. On est bien d'accord ?

— Je suis venue, ce matin, avec mon plateau à la main, affirmé-je.

La dame m'offre un sourire puis elle sort de la pièce, me laissant de nouveau seule avec Gus. Nous petit-déjeunons en regardant les infos à la télévision puis lorsque nous avons terminé, je pose mon plateau sous celui de Gustave et me lève.

— On se voit plus tard ?

— Je ne bouge pas de là, Précieuse.

J'embrasse sa joue toute fripée et après un dernier geste de la main, je retourne dans ma chambre.

Après avoir pris une douche, je reçois la visite du docteur Moreau.

— Bonjour, Ambre. Comment vous sentez-vous, aujourd'hui ?

— Je me sens bien.

— Aucune douleur ?

Je secoue la tête.

— C'est très bien. Vous allez pouvoir sortir en fin de matinée.

— C'est vrai ?

— Tout à fait mais avant, il faut que nous parlions de votre convalescence. Vous allez être en arrêt de travail pendant un mois, pour commencer et…

— Je ne peux pas arrêter de travailler !

— Ce n'est pas une option, mademoiselle Dufour !

— Écoutez, docteur Moreau, je travaille chez moi. Mon boulot est ma passion. Je passe mes journées à dessiner des croquis, je peux travailler.

Elle me dévisage durant de longues secondes, semblant peser le pour et le contre puis elle reprend la parole.

— D'accord, mais vous devez vous ménager. Octroyez-vous des phases de dessins et d'autres de repos. Il ne faut pas prendre votre crise cardiaque à la légère, Ambre. Votre convalescence est importante si vous voulez vivre encore longtemps.

Je déglutis difficilement.

—Je ferai très attention.

— Entendu. Vous allez avoir un suivi rigoureux. Durant le premier mois, vous aurez la visite d'une infirmière à votre domicile. Vous devrez venir me voir tous les mois pendant six mois puis tous les trois mois et ensuite, nous espacerons vos visites à tous les six mois. Il va falloir que vous changiez de contraception, vous ne pouvez plus prendre la pilule. Je vous conseille de prendre rapidement rendez-vous avec votre gynécologue afin de voir avec lui ce qui est le plus approprié dans votre situation. Il faut aussi que vous arrêtiez de fumer et que vous ne buviez pas une goutte d'alcool pendant quelques mois. Et pour finir, il va falloir que nous modérions votre obésité et pour cela, je pense que vous devriez rencontrer le docteur Galant.

Elle arrête de parler et je tente d'assimiler tout ce qu'elle vient de me dire. Tout ce que je retiens c'est « modérer mon obésité ». Régime. Privation. Déprime.

C'est tout ce qui me vient à l'esprit. Je déteste tout cela mais je dois me mettre un coup de pied aux fesses.

— Il va falloir que vous fassiez de l'exercice physique, rien de bien extraordinaire, marcher tous les jours pour commencer mais jamais pendant la digestion. Il faut y aller doucement, aucun gros effort. Vous pouvez aussi faire du vélo d'appartement ou faire de la natation mais il ne faut pas que l'eau soit trop froide. En ce qui concerne l'activité sexuelle…

— Je vous arrête tout de suite, je n'ai pas de petit ami.

— Eh bien, on ne sait pas ce que la vie nous réserve alors si jamais vous rencontrez quelqu'un, vous pourrez avoir des relations sexuelles à partir du moment où vous êtes capable de monter deux étages sans symptôme.

Elle termine sa phrase avec un petit sourire en coin et je rougis, mal à l'aise.

— Est-ce que vous avez des questions ?

— Si j'ai des questions ? Non, je crois que je suis incapable de recevoir plus d'informations pour l'instant, hein !

— S'il vous en vient plus tard, notez-les, vous me les poserez quand nous nous reverrons dans un mois.

D'ici là, pas d'excès et portez-vous bien, mademoiselle Dufour.

Elle me serre énergiquement la main et quitte la chambre.

Une fois seule, je commence à ranger mes affaires tout en songeant que d'ici quelques heures, je serai chez moi, je retrouverai mon chat, mes habitudes. Cette nuit, je ne dormirai pas au chevet de Gus et à cette pensée, je ressens un pincement au cœur. En quelques jours, je me suis énormément attachée à ce vieux monsieur qui ne reçoit pas de visite car il ne veut pas inquiéter sa famille.

Au pas de course, je sors de ma chambre et entre sans frapper dans celle de mon ami.

— Qu'est-ce que tu fiches ici, Précieuse ?

— Je…

J'avance jusqu'à lui et attrape sa main.

— Le docteur vient de passer, je sors aujourd'hui.

— Mais c'est génial ça, ma petite ! Alors pourquoi tu fais cette tête ?

— Eh bien… j'appréciais beaucoup votre compagnie, Gus…

— Dans ce cas, tu n'as qu'à venir me voir de temps en temps. Ça me fera toujours plaisir de voir la plus jolie fille de Paris !

J'éclate de rire.

— Vous n'êtes décidément qu'un beau parleur !

Il porte ma main à ses lèvres et y dépose un baiser.

— Profite de la vie, Précieuse. Tu le mérites.

— Portez-vous bien, Gus. Je vous promets que je reviens vous voir, bientôt.

— C'est gentil de dire ça, Précieuse et je suis sûr que tu le penses mais ne promets pas quelque chose que tu ne pourras certainement pas faire.

Je hausse un sourcil et mets mes poings sur les hanches.

— Quand je fais une promesse, sachez que je la tiens, mon bon monsieur.

— Alors, à bientôt, jeune fille.

Je hoche la tête.

— À bientôt, Gus.

Chapitre 6

Côme

Arrêt de la clope : jour 12.

Je ne pensais pas que le manque de nicotine serait si difficile à gérer. Cela fait bientôt deux semaines que je tente d'arrêter de fumer et autant de jours que je rêve de frapper quelqu'un. C'est dingue ! C'est à croire qu'en ce moment, je ne tombe que sur des cons.

Le premier jour, un homme – qui aurait pu être mon père – a grillé un stop, m'emboutissant l'aile avant droite de ma dépanneuse. Quand le type est sorti de son véhicule, non seulement il m'a insulté mais en plus, il a essayé de me mettre une droite. Heureusement que j'ai de bons réflexes et que je pratique la boxe depuis mes treize ans, sinon je me la serais prise en plein nez. J'ai paré son coup et l'ai maîtrisé en bloquant son bras dans son dos. Quand je l'ai relâché, le gars m'a avoué qu'il sortait de l'hôpital et qu'il venait d'apprendre que sa femme a un cancer.

Bien que cela n'excuse pas son geste, j'ai compris qu'il avait juste pété les plombs et j'ai tenté de le calmer. Au bout d'une demi-heure, il a recouvré son calme et nous avons pu faire le constat.

Le lendemain, j'ai dépanné un informaticien qui a voulu m'apprendre mon boulot : « j'inclinerai davantage le plateau » « vous êtes sûr que c'est là qu'il faut attacher le câble ? Je l'aurais mis plus bas » « Pourquoi vous touchez le volant, vous ne voyez pas que j'ai mis mes roues droites ? » Et sinon, il compte me laissait faire mon job ou il souhaite passer ses diplômes en dépannage pour le faire à ma place ? Si d'ordinaire, je ne prête pas trop attention à ce type de personnes – j'en rencontre au moins, une fois par semaine – en ce moment, j'ai du mal à les supporter.

Le troisième jour, j'ai rendu service à Gabin et je me suis occupé d'Andréa. Durant cette journée, même si j'avais fortement envie de fumer, le fait de m'occuper de ma filleule m'a permis de penser à autre chose et c'est le seul jour où je n'ai pas ressenti des envies de meurtres – je vous jure, j'exagère à peine.

Le quatrième jour, je me suis disputé avec mon père car je lui avais demandé de laisser le portail du garage ouvert entre midi et quatorze heures afin de déposer une voiture. Il a râlé et j'ai vu rouge. Je lui ai dit que même s'il était mon père, je n'intervenais pas en tant que fils mais dépanneur et que s'il n'était pas content que je lui demande cela pour faciliter la vie de tout le monde, il n'y avait rien dans mon contrat qui m'obligeait à « bien » déposer les véhicules dans son parc automobile. Je peux laisser les voitures devant le portail et embêter tout le monde, je suis dans mon bon droit. Sur ces arguments, il a abdiqué et ne m'a plus adressé la parole pendant deux jours.

Les trois jours suivants ont été sensiblement les mêmes et je me suis pris la tête avec des clients mais également avec mes potes. Je commence à me demander si arrêter de fumer était une bonne idée. Bien sûr, je sais que c'est le plus judicieux à faire si je veux optimiser mes chances de vivre aussi longtemps que mes grands-parents mais depuis l'arrêt du tabac, je suis constamment sur les nerfs. J'ai beau faire plus de séances de musculation et d'entraînements de boxe afin de me défouler, rien n'y fait. C'est un peu la même sensation que lorsque je dois me mettre à la diète durant quelques jours pour que j'aie le poids idéal sur la balance avant un combat. À chaque fois, c'est pareil : avant de me foutre au régime, je n'ai pas particulièrement faim et dès l'instant où je sais que je n'ai plus le droit au moindre écart, j'ai constamment les crocs et ne rêve que de bons plats bien caloriques comme la tartiflette. Donc là, c'est pareil. Je m'ennuie : j'ai envie d'une clope. Je prends un café : j'ai envie d'une clope. Je suis sur les nerfs : toujours envie d'une clope. Et je peux continuer comme cela durant des heures, je trouverais toujours une raison stupide pour avoir envie de fumer.

Aujourd'hui, je me suis pris la tête avec Gabin et même si souvent, c'est sa faute, là, pour le coup, je dois bien avouer que c'est la mienne. J'ai été une véritable tête de nœud et pour me faire excuser, j'ai proposé d'aller récupérer Andréa à l'école. C'est pourquoi, je suis devant les portes d'entrée de la maternelle, attendant l'heure pour prendre ma filleule. Même si j'adore venir la chercher sans qu'elle le sache, je déteste cette attente au milieu de toutes ces mamans. Elles sont là, tout agglutinées devant la porte comme si elles allaient louper leur gamin alors qu'elles doivent le récupérer dans la salle de classe. Certaines forment un groupe et il ne me faut pas trente secondes pour comprendre qu'elles sont en train de médire sur une autre femme. Je suis le doigt de l'une d'elles qui montre la femme en question sans retenue et je me fige. C'est la jeune fille à qui j'ai parlé il y a un mois.

En voyant l'attitude des nanas devant la porte, je comprends mieux maintenant pourquoi elle semblait étonnée que je lui adresse la parole. Je pense que je suis la première personne à aller vers elle et surtout, à ne pas me moquer d'elle.

Sincèrement, je ne vois pas pourquoi ces femmes la pointent du doigt comme cela. OK, elle est légèrement enrobée mais elle semble gentille et comme le dirait mon grand-père, elle est belle comme le jour.

Je n'ai pas de type de femme. Pour moi, tout est une question d'alchimie. Je suis sorti avec des petites, des grandes, des brunes, des rousses, des blondes, des « brondes » – couleur entre le brun et le blond enfin, un truc comme ça, je n'ai jamais compris ce que c'était exactement alors j'ai trouvé cet adjectif – des minces, des rondes, des comptables, des serveuses… Il y a des personnes qui sont capables de juger une autre au premier regard, moi je suis du genre à gratter pour voir ce qui se cache sous la surface avant de me faire une opinion.

L'une des bonnes femmes éclate de rire et instinctivement, j'ai envie d'aller vers elle et lui dire ce que je pense d'elle et ses copines mais à la place, je m'approche de « l'objet » de leur moquerie. J'avance vers la jeune fille et lui donne *accidentellement* un coup d'épaule. Elle se retourne et aussitôt, je m'excuse :

— Pardon, j'avais la tête ailleurs.

— C'est pas grave, répond-elle, gênée.

Je lui offre un sourire, elle m'en rend un crispé. Je m'apprête à engager la conversation mais je suis coupé dans mon élan car la porte s'ouvre. Les mamans se ruent vers l'entrée et au passage, nous bousculent sans ménagement.

Quand je vous dis qu'elles ont l'air complètement cinglées !

La jeune fille et moi suivons le mouvement et nous retrouvons devant la classe d'Andréa. La maîtresse n'a pas encore ouvert alors, je tente de nouveau ma chance.

— Vous venez chercher votre… ?

Comme la première fois que j'ai tenté de lui parler, elle sursaute et me regarde de façon suspicieuse.

— Je vous demande pardon ?

— Je vous demandais si vous veniez chercher votre fille ou votre fils ?

— Aucun des deux, je viens chercher ma filleule, Charline.

— Ah oui ? C'est drôle, moi aussi !

— Ah bon ? Vous venez chercher votre filleule, Charline ? rétorque-t-elle, amusée.

J'éclate de rire lorsque je vais pour lui répondre, encore une fois, je suis coupé. L'institutrice ouvre la porte et comme un fait exprès, elle me remarque en premier et comme toujours, elle est incapable de prêter attention au fait que je ne suis pas Gabin.

— Andréa ! Ton papa est là !

La jeune femme hausse un sourcil et lâche un soupir. Je n'ai pas le temps de lui expliquer la confusion que ma filleule m'attrape les jambes et la maîtresse appelle Charline.

Et merde !

Je jure entre mes dents et tandis que je récupère le sac à dos et la veste d'Andréa sur le porte-manteau, la petite Charline pousse un cri de joie en découvrant sa marraine. L'inconnue laisse échapper un rire léger et je regrette de ne toujours pas savoir son nom.

Andréa m'attrape la main et dès que nous nous mettons à marcher dans le couloir, ma filleule commence à me raconter sa journée d'une voix enjouée. Lorsque nous arrivons devant la dépanneuse, elle me dit :

— J'comprends pas pourquoi Verginie, elle te reconnaît pas ! Pourtant, ça se voit que t'es pas papa !

Bon sang ! Elle n'aurait pas pu dire cela devant la classe afin que la nana l'entende !

— Tu sais, ma puce, beaucoup de personnes nous confondent souvent.

Elle me fixe, ses petits bras croisés sur son buste.

— Ben c'est pas normal. Moi, je vois bien que t'es pas papa en plus, papa, il a pas de tatouages sur le bras comme toi. Peut-être que Verginie a un problème aux œils.

— On dit Virginie et aux yeux, Andréa.

— C'est qu'est-ce que je dis.

— Pas vraiment, non.

Malgré ses quatre ans, elle lève les yeux au ciel et j'éclate de rire face à cette réaction typiquement adulte.

Je lui ouvre la portière et elle s'assoit sur son siège auto. Je l'attache fixement puis je fais le tour du véhicule et lorsque je monte dans la dépanneuse, j'aperçois ma belle inconnue marcher main dans la main avec sa filleule et je pousse un soupir blasé.

La prochaine fois, il n'est pas question qu'elle reparte sans que je sache son prénom. Il va falloir que je me montre un peu plus inventif pour l'approcher.

Chapitre 7

Ambre

Après avoir dit au revoir à Gus, mes parents viennent me chercher à l'hôpital.

Durant le trajet, ma mère m'apprend que Charline a été vraiment inquiète et qu'elle était très triste de ne pas pouvoir venir me rendre visite. Moi qui pensais que ma filleule me détestait, il m'aura fallu faire une crise cardiaque pour me rendre compte qu'en réalité, elle m'aime. Face à cette constatation, je souris et demande à mes parents s'ils peuvent me servir de chauffeurs afin d'aller chercher Charline à la sortie de l'école. Ils acceptent sur-le-champ.

Nous arrivons devant mon immeuble et n'ayant aucune place disponible, mon père se met en double file et demande à ma mère de rester dans le véhicule au cas où la police passerait et qu'il faudrait bouger la voiture, le temps qu'il m'aide à monter ma valise. Nous prenons l'ascenseur et lorsque les portes s'ouvrent sur mon palier, je les bloque en me mettant au milieu.

— Merci de m'avoir ramenée, papa. Tu peux y aller, maintenant.

— Dès que j'aurai posé ce truc dans ta chambre. Pas question que tu fasses le moindre effort, je te rappelle.

Il m'offre un clin d'œil et nous sortons de la cabine. Nous nous arrêtons devant ma porte et je cherche mes clés dans la poche de ma veste. Une fois que je les ai trouvées, je déverrouille la serrure et dès que je franchis le seuil de mon appartement, Tink me rejoint en courant et se frotte contre mes mollets en miaulant. Je me penche en avant, le prends dans mes bras et il se met à ronronner.

— Tu m'as manqué, à moi aussi, dis-je en lui déposant un baiser sur la tête.

Je le repose au sol et aussitôt, il court jusqu'à sa gamelle et se remet à miauler.

— Tu es sûr que tu es venu lui donner à manger ? demandé-je à mon père sur le ton de la plaisanterie.

Papa lève les yeux au ciel.

— Bien sûr, mais ton chat est un véritable ventre sur pattes !

Je laisse échapper un rire et tandis que mon père va poser ma valise dans ma chambre, je vais jusque dans la cuisine prendre la boîte de croquettes puis je remplis le bol et Tink se jette dessus comme un affamé, comme s'il n'avait pas mangé depuis mon absence. Il paraît que les animaux de compagnie ressemblent à leur maître et je dois bien reconnaître que Tink est aussi gourmand que je le suis.

— J'ai défait tes affaires et les ai déposées sur ton lit, dit papa en me rejoignant dans le salon.

— Tu sais que je ne suis pas impotente, j'aurais pu le faire !

Il hausse les épaules.

— Tu dois te ménager, ma chérie.

Je lui offre un sourire et durant quelques secondes, il me prend dans ses bras. Lorsqu'il se détache de moi, je remarque que ses yeux sont larmoyants.

— Papa…

— Désolé, c'est juste que… je n'ai jamais eu aussi peur de ma vie. Quand Eva nous a appelés, ta mère et moi, j'ai cru que, moi aussi, j'allais faire une crise cardiaque. Si tu étais mo… C'est pas dans l'ordre des choses, ma puce.

— Je sais, papa. Je suis désolée de t'avoir causé une frayeur pareille. À partir de maintenant, je vais tout faire pour avoir une vie saine et me reprendre en main. Crois-moi, je vais tout faire pour y arriver.

Il hoche la tête et m'offre un sourire bienveillant.

— Allez, repose-toi, maintenant. Je reviens te chercher à seize heures, d'accord ?

À mon tour, je le prends dans mes bras puis je referme la porte derrière lui. Ensuite, je récupère ma liseuse dans mon sac à main puis je vais dans le salon et m'installe confortablement sur mon canapé. Aussitôt, Tink saute sur mes genoux et après avoir tourné plusieurs fois sur lui-même, il se met en boule. Je le caresse quelques instants et je reprends la lecture que j'ai commencée à l'hôpital, *Regarde-moi* de Sylvia Day, bercée par les ronronnements de mon chat.

Nous arrivons devant l'école maternelle avec une dizaine de minutes d'avance et lorsque mes parents ouvrent leurs portières pour m'accompagner, je leur demande de rester dans la voiture.

Je marche sur une cinquantaine de mètres et lorsque j'arrive devant l'établissement, je me mets sur le côté, légèrement en retrait car je n'aime pas trop me mêler aux autres mamans qui viennent récupérer leurs enfants. Je ne me sens pas à ma place – ce qui est tout à fait normal puisque je n'ai pas de gosses. Bon, OK, ce n'est pas tout à fait la vérité. Si je ne me sens pas tout à fait dans mon élément, c'est parce que je ne supporte pas le regard de ces bonnes femmes. Je sais que je dis toujours haut et fort que je m'assume telle que je suis et c'est le cas, sauf quand je suis devant l'école maternelle. Là, j'ai l'impression de me retrouver en plein milieu de la savane, entourée de hyènes qui se moquent ouvertement de moi et c'est ce qui est en train de se passer alors que ça ne fait même pas cinq minutes que je suis arrivée. Un groupe de mamans est quelques mètres plus loin et l'une d'elles ne prend même pas la peine de se cacher quand elle me montre du doigt. Un nœud se forme dans ma poitrine et je préfère leur tourner le dos afin de ne pas les voir.

Tout à coup, quelqu'un me donne un coup d'épaule et lorsque je fais volte-face, je me retrouve devant la seule personne qui m'a déjà adressé la parole.

L'homme s'excuse et me sourit.

— Pardon, j'avais la tête ailleurs.

— C'est pas grave, réponds-je, légèrement mal à l'aise.

Cela fait deux fois que cet homme me parle et qu'il se montre gentil avec moi. Je crois qu'il s'apprête à dire de nouveau quelque chose mais la porte d'entrée s'ouvre et les mamans se ruent à l'intérieur du bâtiment comme si leur vie en dépendait. Elles nous bousculent sans ménagement et l'inconnu et moi sommes obligés de suivre le mouvement.

Nous nous arrêtons devant la classe de ma filleule et attendons que la maîtresse ouvre la salle de classe.

— Vous venez chercher votre… ?

Au son de la voix de l'homme, je sursaute et lui lance un regard suspicieux. Ce n'est pas que je n'ai pas l'habitude de rencontrer des inconnus et de sympathiser avec eux mais comme je l'ai déjà dit, à l'école maternelle, je suis *persona non grata*. Personne ne me parle, *jamais*.

— Je vous demande pardon ?

— Je vous demandais si vous veniez chercher votre fille ou votre fils ?

— Aucun des deux, je viens chercher ma filleule, Charline.

— Ah oui ? C'est drôle, moi aussi !

— Ah bon ? Vous venez chercher votre filleule, Charline ? rétorqué-je, amusée.

Il éclate de rire et un sourire se dessine sur mes lèvres. Je me suis peut-être trompée sur lui, il est peut-être vraiment gentil. Il ouvre la bouche pour parler mais il est coupé dans son élan car la porte de la classe s'ouvre. L'institutrice nous aperçoit immédiatement et appelle le premier enfant.

— Andréa ! Ton papa est là !

Je hausse un sourcil.

Lui aussi, tu parles !

Finalement, ma première impression était la bonne. Je n'arrive pas à croire que j'ai pu penser pendant une seconde qu'il me parlait juste par gentillesse. Peut-être qu'il a été envoyé par le groupe de bonnes femmes pour se payer ma tête ? Dépitée, je lâche un soupir puis contourne Andréa et son papa pour récupérer ma filleule.

La dernière fois que je suis venue la chercher, elle m'a carrément tourné le dos mais aujourd'hui, lorsqu'elle m'aperçoit sur le seuil de la porte, elle se lève d'un bond en criant.

— Marraaaaiiiinnnne !

Charline se jette dans mes jambes, me serre de toutes ses forces et j'éclate de rire. Je passe mes bras autour de son petit corps et l'étreins affectueusement.

— Tu m'as manqué, marraine !

— Tu m'as manqué aussi, chaton.

Charline recule d'un pas, j'attrape sa main et après avoir récupéré sa veste et son sac à dos, nous sortons de l'école.

— Tu as passé une bonne journée ?

— Oui ! C'était trop bien ! Avec Andréa, on a joué à la grande sœur et au bébé.

— Ah oui ? Tu étais.... Le bébé ?

— Naaaan ! J'étais la grande sœur.

— Ah mais bien sûr ! Tu t'entraînes pour l'arrivée de ton petit frère ?

Elle secoue la tête.

— N'importe quoi, marraine ! Je vais avoir une tite sœur. Tu sais ? Lucienne !

Je ricane. Elle ne lâche pas l'affaire et tient toujours à ce prénom désuet.

— Mais non, ma puce. Maman et papa t'ont expliqué que le bébé dans le ventre de maman est un garçon.

— Oui, ils ont dit ça mais j'ai vu la photo : y a pas de zizi !

J'éclate de rire.

Lorsque Agathe m'a montré les photos tirées de l'échographie, au premier coup d'œil, moi non plus, je n'ai pas vu le sexe du bébé et j'ai demandé à ma grande sœur si elle était sûre. Alors, elle a allumé son ordinateur et y a inséré le CD que lui a donné l'échographiste. Elle a zoomé l'image sur l'écran et à ce moment-là, je n'ai plus eu de doute, ma sœur attend bien un petit gars mais je comprends que du haut de ses quatre ans, ma filleule ne le voie pas du même œil.

Nous arrivons jusqu'à la voiture de mon père et lorsque j'ouvre la portière arrière, Charline se fige.

— Pourquoi y a papy et mamie ?

— Parce que marraine est fatiguée et qu'elle n'a pas encore récupéré sa voiture.

— Mais moi, je voulais que toi !

Je lui offre un sourire bienveillant.

— Que dirais-tu si on leur demandait de nous déposer à mon appartement, comme ça on serait que toutes les deux et papa viendra te récupérer plus tard, en sortant du boulot ?

— Y aura Tink, aussi ?

— Évidemment !

— Super !

Elle tape vigoureusement dans ses mains et entre dans la voiture en chantonnant qu'elle va chez marraine. À cet instant précis, mon cœur se gonfle un peu plus d'amour pour elle et je suis heureuse d'être allée la récupérer à l'école.

Chapitre 8

Ambre

Durant le trajet qui nous mène à mon appartement, j'appelle mon beau-frère afin de me mettre d'accord avec lui pour que je garde Charline et qu'il vienne la récupérer quand il sortira du bureau. Il accepte immédiatement et ma filleule est folle de joie.

Nous arrivons dans ma rue. Mon père se gare en double file et actionne les feux de détresse. Je détache Charline de son siège auto puis elle embrasse furtivement mes parents tandis que j'ouvre la portière de mon côté. Je sors la première et tends une main à ma filleule qui la saisit instantanément. Une fois sur le trottoir, nous suivons du regard la voiture de mes parents et leur faisons coucou jusqu'à ce que nous ne les voyions plus puis nous entrons dans le bâtiment.

Dès que j'ouvre la porte de mon appartement, Charline entre en trombe en criant :

— Tiiiiiiink !

Mon chat bondit sur ses pattes, les poils dressés sur son dos, il regarde ma filleule foncer sur lui et avant qu'elle ne puisse l'attraper, il se sauve à vive allure dans le couloir.

— Tiiiiink ! Reviens ! Je veux zouer avec toi !

— Je crois que Tink n'a pas très envie de jouer, chaton.

— Mais moi, j'ai envie !

— Et si à la place, on faisait des crêpes ?

— Ah ouiiiiii ! Des crêêêpes !

J'attrape sa main et nous allons dans la cuisine. Je sors tous les ustensiles et ingrédients qu'il me faut et avec l'aide précieuse de ma petite assistante, je prépare la pâte.

Durant tout le temps du goûter, Charline ne cesse de parler.

— Tu sais, marraine, Liam mais pas le Liam qui est dans ma classe, l'autre, celui qui est en grande section chez Magali eh bien, en fait, il est dégoûtant.

— Ah oui ? rétorqué-je, amusée. Pourquoi dis-tu ça ?

— Eh ben, en fait, pendant la récré du matin, Andréa, Liam et moi, on jouait au papa et à la maman et au bébé. Et moi, en fait, j'étais la maman et j'ai fait un faux gâteau au chocolat avec de la terre. Eh ben, en fait, Liam, lui, il mangeait la terre. Vraiment ! Au lieu de faire seulement semblant ! Tu te rends compte, marraine, c'était dé-goû-tant !

Elle prononce chaque syllabe d'un air écœuré et j'éclate de rire. J'adore les enfants. Leur simplicité. La façon qu'ils ont de dire ce qu'ils pensent au moment où ils le pensent, sans réfléchir aux conséquences. Leurs questionnements. Leur répartie.

— Pourquoi tu rigoles ? C'est pas drôle ! dit-elle en croisant ses bras sur son buste.

— Pardon, chaton. C'est vrai, c'est pas drôle mais tu lui as dit qu'il fallait pas le faire ?

— Ben oui et il a continué !

Les enfants ont parfois vraiment de drôles d'idées. *Qu'est-ce qui a bien pu passer par la tête de ce gosse pour qu'il bouffe de la terre ?*

— Eh bien, la prochaine fois, tu lui dis que s'il mange encore de la terre, tu joueras pas avec lui.

— En fait, c'est pas la peine, marraine. Je lui ai dit que je suis plus sa copine et je suis allée le dire à Magali.

Eh bien… je crois que son petit frère a plutôt intérêt de se tenir à carreaux s'il ne veut pas que Charline rapporte toutes ses bêtises à leurs parents !

Une fois l'épisode Liam-le-dégoûtant terminé, Charline décide de me chanter toutes les comptines qu'elle a apprises à l'école ainsi que les chansons de la chorale et les danses du « pestacle ».

Avoir Charline avec moi me fait du bien et lorsque la sonnette de mon appartement la coupe en plein milieu de la *Macarena*, je m'aperçois que je n'ai pas vu le temps passer et que son père est déjà là.

Je vais ouvrir à Pierrick et lorsque Charline l'aperçoit, elle se met à bouder.

— Non ! Pas papa. Je veux rester avec marraine !

— Marraine doit se reposer, mon trésor. Tu la verras bientôt, d'accord ? lui dit son père d'une voix conciliante.

— Non ! Pas d'accord !

— Chaton, il faut que tu rentres à la maison. Maman t'attend, elle a hâte de te voir, interviens-je.

— Veux pas, persiste-t-elle en croisant ses bras.

Mon beau-frère et moi nous regardons, aussi déconcertés l'un que l'autre et j'essaie de trouver un terrain d'entente.

— Et si je reviens te chercher, demain, tu veux bien rentrer avec papa comme ça, je peux me reposer pour être en forme pour te récupérer à l'école et on fera un gâteau pour le goûter, d'accord ?

Elle fronce les sourcils, semble réfléchir sérieusement à ma proposition puis un sourire se dessine sur ses lèvres.

— D'accord ! À partir d'aujourd'hui, marraine viendra me chercher tous les jours !

Pierrick et moi rions et je crois que je suis piégée.

Tendez votre petit doigt à un enfant et il vous prendra le bras en entier !

Charline va récupérer son manteau sur la chaise de la cuisine puis elle revient et me fait un énorme câlin avant de se mettre devant son père.

— À demain, marraine.

Pierrick ouvre la porte et avant de partir me demande :

— Tu es sûre que cela ne te dérange pas ?

— Pas du tout, il va juste falloir que je trouve une solution pour ma voiture et dans le pire des cas, je demanderai à mon père de m'emmener.

— Si tu veux, je peux te laisser ma voiture dans ta rue, mes clés dans ta boîte aux lettres et je récupère le métro pour aller bosser.

— Non, je ne vais pas te faire faire un détour.

— Écoute, si jamais tu as besoin et puisque c'est pour récupérer ma fille, n'hésite pas, OK ?

J'acquiesce et après s'être fait une bise, mon beau-frère et ma filleule quittent mon appartement. Je referme la porte derrière eux puis retourne dans mon salon et me laisse tomber sur le canapé. Aussitôt, Tink rapplique et se met en boule sur mes genoux. Une fois confortablement installée, je regarde mon appartement et sans que je comprenne vraiment pourquoi, je sens un nœud se former dans ma poitrine.

Tout à coup, c'est comme si le poids des derniers événements s'abattait sur mes épaules ou qu'une enclume me tombait sur la tête. Je crois que c'est là, maintenant, à cet instant précis que je mesure pleinement ce que je viens de traverser. J'ai failli mourir. J'ai failli ne jamais rencontrer l'homme de ma vie, fonder une famille, voir grandir Charline et connaître mon futur neveu. J'ai failli passer à côté de ma vie alors que je pensais la vivre pleinement. Peut-être que c'est cela, mon problème ? Peut-être que je suis une trop bonne vivante ? Oui, c'est cela : ce sont mes choix de vie qui ont entraîné cette crise cardiaque mais une chose est sûre, Gus a raison. Je dois me servir de ça comme d'une seconde chance.

Ce matin, je suis réveillée par Tink qui tourne en rond en ronronnant sur mon dos tandis qu'il fait ses griffes sur le drap qui me recouvre. Je grogne et le chasse en me retournant. Le félin bondit en miaulant et je me lève. Je traverse le couloir et vais aux toilettes, mon chat sur les talons et lorsque je sors de la pièce, il m'attend sans bouger, telle une statue. Je secoue la tête, amusée et vais dans la cuisine. Pendant que je fais couler mon café, je remplis la gamelle de Tink puis je me lave les mains. Je récupère mon précieux breuvage, en bois une gorgée – me brûlant au passage la langue – puis je me prépare rapidement un petit-déjeuner car je ne sais pas à quelle heure va venir l'infirmière, aujourd'hui. Quand ma mère l'a appelée pour prendre rendez-vous, la dame lui a affirmé qu'elle viendra dans la matinée mais pas avant dix heures. Je regarde l'heure sur le micro-ondes et je remercie intérieurement mon chat de m'avoir réveillée car il ne me reste que trente minutes pour être prête si je ne veux pas risquer que l'infirmière libérale arrive pendant que je me douche.

Une heure et demie plus tard, Nicole arrive. C'est une femme qui approche de la soixantaine, au visage doux et immédiatement, le courant passe entre nous. Elle reste avec moi pendant trente minutes, me pose des questions sur mon mode de vie, me donne des conseils pour m'aider dans ma convalescence. Elle est vraiment gentille et je la trouve rigolote car elle parle à une allure folle. Si vous voulez mon avis, mieux vaut ne pas avoir de problèmes d'audition si vous souhaitez suivre ce qu'elle raconte, mais c'est ce qui fait son charme.

Une fois que je me retrouve de nouveau toute seule, j'envoie un message à mon père et lui demande s'il peut venir me chercher en début d'après-midi afin d'aller au garage où a été déposée ma voiture. En attendant sa réponse, j'ouvre mon frigo et récupère un des plats qu'a laissé ma mère dedans : gratin de riz aux courgettes. Je récupère une assiette, me sers une portion et la mets dans le micro-ondes. Lorsque la minuterie sonne, je reçois au même instant une réponse de mon père qui me dit qu'il sera en bas de mon immeuble à treize heures trente. Je le remercie et passe à table.

Chapitre 9

Ambre

Lorsque nous arrivons au garage Floquet, bien qu'il ne vienne à peine d'ouvrir, il y a déjà cinq personnes à l'accueil devant nous. Pendant que la réceptionniste s'occupe des clients et que je fais la queue, mon père se promène dans le concessionnaire et regarde les voitures, n'hésitant pas à ouvrir les portières ou à se mettre au volant. Quand arrive mon tour, la secrétaire m'informe que c'est Gabin qui traite mon dossier et qu'il est actuellement en clientèle. Elle me suggère de l'attendre au petit salon mis à disposition à cet effet mais je préfère rejoindre mon père et regarder les véhicules. Après tout, je sais pertinemment que ma bagnole est bonne pour la casse alors, il faut que je commence à regarder d'autres modèles.

Au bout de vingt minutes, la réceptionniste vient nous chercher et nous demande de la suivre. Nous traversons la concession automobile, montons à l'étage et lorsque la jeune femme ouvre la porte, je me fige.

— Vous ! m'exclamé-je.

L'homme qui se tient face moi et mon père me regardent étrangement.

— Je vous demande pardon ?

Euh… Il fait comme s'il ne me reconnaissait pas ou je rêve ?

— Vous êtes le papa d'Andréa, continué-je.

— En effet… on se connaît ?

Mon père se rapproche de moi et murmure entre ses dents :

— Ma puce, qu'est-ce qui t'arrive ?

Je regarde tour à tour mon paternel et le vendeur de voitures et brusquement, je me sens mal à l'aise. Finalement, hier, il se payait bien ma tête. J'aurais dû m'en douter. Les types comme lui ne s'intéressent pas aux grosses. Il est du même genre que Dimitri, mon voisin-de-palier-canon. Dépitée par ma propre bêtise, je lâche un soupir.

— Rien, laissez tomber. On s'est simplement croisés à l'école maternelle. Désolée.

— Ce n'est pas grave, j'ai l'habitude, on me reconnaît fréquemment. Je vous en prie, installez-vous.

Et modeste, avec ça !

Je lève les yeux au ciel et papa et moi nous exécutons tandis que l'homme continue.

— Je suis Gabin Floquet, responsable du garage. Mes mécaniciens ont regardé votre véhicule et d'après leurs constatations, j'ai réalisé le devis de vos réparations. Au vu du montant, j'ai regardé la côte de votre *Polo* et je dois vous avouer qu'il serait plus judicieux de changer de voiture plutôt que tenter de la réparer, dit-il en me tendant une feuille.

— Tu vois ? J'en étais sûr ! s'exclame papa.

Je ne prête pas attention à mon père, trop obnubilée par le montant indiqué sur le devis. Effectivement, il est assez salé : la facture s'élève à plus de six mille euros. Je déglutis péniblement et pose la feuille sur le bureau.

— Alors… ? demande le vendeur.

— Eh bien… je m'attendais à ce que cela soit cher mais je vous avoue que je ne m'attendais pas à autant.

— Je comprends mais votre véhicule est d'origine allemande, les pièces sont plus chères et étant donné l'année de votre voiture, elles sont difficiles à trouver. Souhaitez-vous la réparer ou pensez-vous acheter une autre voiture ?

Je sais qu'il faut que je change de bagnole pourtant, je n'arrive pas à me résoudre à le lui dire. Face à mon mutisme, il reprend :

— Rassurez-vous, je ne cherche pas absolument à vendre un de mes véhicules. Vous savez, vous n'êtes pas obligée d'en acheter un, ici, si c'est ce qui vous retient. Tout ce qui m'importe, c'est de savoir ce que je fais de votre voiture. Je ne peux pas la garder indéfiniment sur mon parc.

Ce mec est étrange. Par moment, il a tout l'air du parfait connard. À d'autres, il semble sympa – comme devant l'école – pour ensuite finir sur une petite pique. Il est difficile à cerner.

— Je ne vais pas la réparer et j'aimerais bien que vous me montriez vos modèles d'occasion, finis-je par répondre.

Le gérant m'offre un immense sourire *Colgate* et se lève de son fauteuil.

— Bien, dans ce cas, suivez-moi !

Mon père et moi nous levons de concert et marchons sur les pas du papa d'Andréa. Nous redescendons au rez-de-chaussée puis sortons du magasin et allons sur le parc extérieur où sont entreposés les véhicules de seconde main.

— Bien, avant de vous montrer des modèles, savez-vous quel montant vous pouvez vous permettre de mettre dans votre nouvelle acquisition ?

Je fronce les sourcils et réfléchis quelques instants. Après le décès de ma grand-mère, j'ai mis l'argent qu'elle m'avait légué sur un compte d'épargne mais je ne compte pas tout mettre dans une voiture.

— Huit mille euros, maximum.

Papa se rapproche de moi.

— Monte à dix, ma puce. Ça nous laissera une marge de manœuvre pour négocier si jamais on en trouve une de bien.

Mon père, ce filou !

J'acquiesce et me rapproche du vendeur.

— Tout bien réfléchi, dix mille.

— Très bien. Alors, dans ces prix-là, nous avons…

Pendant une trentaine de minutes, nous faisons le tour du parc automobile.

Sur les conseils avisés de mon père et du vendeur et après avoir effectué un petit tour avec deux véhicules différents, j'opte pour une voiture de marque française et achète une *Renault Clio*. Puisque nous sommes vendredi, Monsieur Floquet me dit qu'elle sera prête mardi en fin de matinée, le temps que le préparateur s'occupe de la mise au propre du véhicule et que je puisse faire exécuter le virement par ma banque ainsi que faire assurer ma nouvelle voiture. Nous nous donnons rendez-vous mardi afin de remplir toutes les formalités et en attendant que je réceptionne ma nouvelle acquisition, il me propose de me louer un véhicule à un tarif préférentiel.

— Oh, voyons, monsieur Floquet ! Ma fille vient de réserver un véhicule. Vous ne pouvez pas faire un petit geste ?

Le papa d'Andréa grimace et je comprends qu'il n'est pas prêt à faire un petit effort.

— Monsieur Dufour ! C'est bien vous ?

Mon père et moi nous retournons et nous retrouvons face à un homme sensiblement du même âge que papa, un immense sourire aux lèvres.

— Tiens ! Monsieur Floquet ! Je ne pensais pas vous voir, j'ai cru comprendre que c'est ce jeune homme qui tient les rênes, maintenant.

Les deux hommes échangent une vigoureuse poignée de main.

— Eh oui ! Je ne suis plus tout jeune, j'ai donc laissé les manettes à mon fils mais je veille toujours au grain. Mais dites-moi, qu'est-ce qui vous amène ici ? Ça fait quoi ? Deux ans que vous êtes venus acheter votre 4x4, non ? Ne me dites pas qu'il a déjà un souci !

Mon père éclate de rire.

— Rassurez-vous, mon petit bijou marche comme sur des roulettes. Je suis venu pour ma fille, sa voiture a rendu l'âme et elle vient d'en réserver une nouvelle.

Monsieur Floquet, père, s'avance vers moi, me tend sa main et je la serre dans la mienne.

— Enchanté, mademoiselle Dufour.

— De même, réponds-je avec un sourire.

— Donc vous avez trouvé votre bonheur, reprend-il. C'est super ! J'espère que mon garçon vous a été d'une aide précieuse.

— Il a été par-fait ! Et avant votre arrivée, j'étais en train de lui demander s'il pouvait faire un petit geste sur le prix de la location du véhicule pour les quatre jours que nous sommes obligés d'attendre, le temps que la nouvelle voiture de ma fille soit prête.

— Évidemment ! Nous vous l'offrons ! Chez Floquet Père & Fils, nous chouchoutons nos fidèles clients !

Le fils Floquet secoue la tête d'un air dépité.

— Je savais que je pouvais compter sur vous ! ajoute papa.

Je lève les yeux au ciel, un sourire amusé aux coins des lèvres.

Il faut toujours que mon père en fasse des caisses !

Tandis que nos pères se mettent à bavarder joyeusement, le papa d'Andréa me propose de retourner à l'accueil afin de remplir les documents pour le prêt du véhicule.

Depuis que nous sommes arrivés au garage, c'est la première fois que je me retrouve seule avec lui et je me sens légèrement mal à l'aise. Même s'il s'est montré très professionnel et courtois durant le temps qu'ont duré mes différents essais, je n'arrive pas à m'ôter de la tête le fait qu'il ait feint de ne pas me reconnaître. Ce n'est pas que je laisse un souvenir impérissable aux personnes qui me rencontrent mais il m'a parlé deux fois. Et la dernière, pas plus tard qu'hier. Et à chaque fois, c'est lui qui a été à l'initiative de ces échanges, alors pourquoi faire comme s'il ne m'avait jamais vue ? Vraiment, je ne comprends pas. J'ai envie de lui demander pourquoi il agit comme cela, si me parler était un jeu pour me ridiculiser. Ces questions me brûlent les lèvres mais je ne les prononcerai pas : ce serait lui porter trop d'intérêt. Ce type ne mérite pas que je m'intéresse à lui. Il ne mérite pas que je perde mon temps à essayer de le comprendre. Je dois me focaliser sur ma convalescence, c'est le plus important.

Nous remplissons les formalités dans un silence tendu, entrecoupé par quelques échanges pour la constitution du dossier puis je rejoins mon père qui m'attend devant l'entrée du garage. Je l'accompagne jusqu'à sa voiture afin de prendre le siège auto de Charline puis je vais récupérer le véhicule de courtoisie et vais chercher ma filleule à l'école maternelle, espérant de ne pas y croiser le papa d'Andréa.

Chapitre 10

Ambre

Comme tous les jours, Nicole passe à mon appartement à neuf heures afin de vérifier mes constantes. Une fois ses contrôles effectués, elle m'offre un sourire bienveillant et tout en rangeant son matériel, me dit :

— Je suis fière de vous, mon p'tit. Votre convalescence se passe à merveille. Si tous mes patients se remettaient aussi vite que vous, j'aurais plus de boulot !

Nous rions toutes les deux puis après avoir recouvré notre calme, l'infirmière prend son sac et avant de franchir le seuil de la porte, elle me dit :

— Je pense que d'ici la fin de la semaine prochaine, vous pourrez reprendre une activité physique en commençant par de la marche, au moins une demi-heure par jour.

Je grimace.

Le sport et moi, ça fait deux.

J'ai toujours détesté faire du sport. En fait, je crois que c'est lui qui ne m'a jamais aimée. Quand j'étais enfant – la même année où j'ai été mise pour la première fois au régime – je voulais faire comme mes copines et faire de la danse. Maman m'y a donc inscrite mais j'avais autant de grâce qu'un éléphant sur des talons aiguilles et j'ai arrêté dès la première entorse. Au collège, les cours d'EPS étaient un véritable calvaire. Je terminais au bord de l'asphyxie, rouge comme une tomate et en sueur, mes muscles étaient douloureux et je me faisais mal sans arrêt. J'avais l'impression que j'étais au bout de ma vie alors que mes camarades étaient encore frais comme des gardons. C'était horrible. Au lycée, mon surpoids étant plus important, j'arrivais tout juste à faire deux tours de terrain sans m'effondrer. Littéralement. Je ne me rappelle pas un cours de sport où je n'ai pas fini à l'infirmerie, sous les moqueries des autres élèves. J'étais surnommée la crêpe, pas pour ma minceur mais par rapport à ma façon de m'aplatir au sol comme un *blini*.

Après le départ de Nicole, je récupère à mon tour mes affaires, vérifie que Tink a toujours de l'eau et des croquettes dans ses gamelles puis je sors de l'appartement. Je vais à mon rendez-vous chez le concessionnaire automobile afin de rendre le véhicule de courtoisie et récupérer ma nouvelle voiture.

Durant tout le trajet, je ne cesse de prier intérieurement pour que ce ne soit pas le papa d'Andréa qui me reçoive, car je n'ai pas encore envie de vivre un grand moment de solitude comme la dernière fois. Lorsque j'arrive au garage, je gare la voiture sur le parking visiteur et vais à la réception afin de m'annoncer. La réceptionniste m'informe que le fils Floquet est déjà en entretien et que par conséquent, je serai reçue par un autre vendeur. Je pousse un soupir de soulagement et remercie intérieurement les Dieux ou peu importe qui a exaucé mes prières. Quelques instants plus tard, un homme d'une trentaine d'années, à la peau couleur caramel vient à ma rencontre, un immense sourire aux lèvres et après vingt minutes d'entretien, je quitte le concessionnaire automobile au volant de ma nouvelle voiture, espérant ne pas devoir remettre les pieds dans cet endroit avant un bon bout de temps.

Une fois que j'ai récupéré ma voiture, je roule pendant une heure afin de la prendre en main puis je rentre à l'appartement déjeuner. Je me prépare une rapide salade de riz et repense à Gus que je n'ai pas vu depuis ma sortie de l'hôpital, jeudi. Et dire que depuis cinq jours, il n'a eu aucune visite. À cette pensée, mon cœur se serre et je décide qu'après manger, je tiendrai la promesse que je lui ai faite et lui rendrais visite.

Une heure plus tard, je me gare sur le parking visiteur de l'hôpital et lorsque j'en franchis les portes, un désagréable frisson me parcourt l'échine. Je roule des épaules afin de chasser cette sensation et emprunte les ascenseurs afin d'aller au service cardiologie. À mon arrivée, je tombe nez à nez avec Cécile, l'infirmière avec qui j'ai sympathisé durant mon séjour.

— Eh ben alors ? On vous manquait déjà, Ambre ?

Elle me serre chaleureusement la main et je lui offre un sourire.

— Vous ? Pas vraiment mais Gustave, oui.

— Il sera ravi de vous revoir. Vous lui manquez. Il parle beaucoup de vous.

— C'est vrai ? demandé-je, surprise.

Elle acquiesce.

— Vous savez, je ne pense pas que ce soit une bonne idée qu'il cache à sa famille qu'il est ici. Il s'ennuie. Vous pourriez peut-être l'inciter à les appeler. Peut-être qu'il vous écouterait, vous ?

— J'ai déjà essayé une fois mais il ne veut pas les inquiéter.

— Il est âgé et fatigué, Ambre. Peut-être que son entêtement pourrait lui faire perdre le peu de temps qui lui reste.

J'accuse le coup. Je connais Gus depuis quinze jours et s'il venait à décéder, maintenant, cela me crèverait le cœur.

— Je vais réessayer, dis-je d'une voix blanche.

Je hoche la tête et marche d'un pas pressé vers la chambre de mon ami et après avoir frappé deux coups légers à la porte, j'entre dans la pièce.

Comme toujours à cette heure-ci, Gustave est assis sur son lit et regarde *Les Feux de l'Amour* à la télévision. Lorsqu'il me voit, il hausse les sourcils, un immense sourire aux lèvres.

— Eh ! Une revenante !

Je l'embrasse sur le front et m'assieds sur le fauteuil à ses côtés.

— Comment ça va, aujourd'hui, Gus ?

— En pleine forme, pardi ! Et toi, qu'est-ce que tu me racontes de beau, Précieuse ?

Je lui résume mes journées, lui parle de Nicole, de Charline, de ma nouvelle voiture en omettant sciemment de lui parler du vendeur étrange.

— Il y a quelque chose que tu ne me dis pas, Précieuse.

— Pas du tout.

— Tu es une piètre menteuse. On dirait Pinocchio.

Je lève les yeux au ciel. Gus lit toujours à travers les lignes.

— Eh bien, il y a ce type…

— Ah, tu vois ! Je le savais. Parle-moi de lui.

Je prends une profonde inspiration et me lance. Je lui raconte les deux fois où il m'a parlé à l'école puis le coup au garage. À ce moment-là, le vieil homme hausse un sourcil et lorsque je termine mon récit, me dit :

— Je crois que tu lui plais.

— Vous plaisantez ? Vous avez entendu ce que j'ai dit ?

— J'ai peut-être un cœur faible mais mes oreilles fonctionnent très bien, demoiselle. Et donc, je pense que ce type a le béguin pour toi.

Je secoue la tête.

— N'importe quoi, Gus. Les types comme lui ne sont pas attirés par des filles comme moi.

— Tu entends *quoi* par une fille comme toi ?

— Vous savez.

— Non.

— Si, Gus. Vous savez.

— Si par une fille comme toi, tu veux dire une jolie femme, douce et intelligente, alors je vois de quoi tu parles sinon… il va falloir que tu t'expliques, Précieuse.

De nouveau, je lève les yeux au ciel. S'il tient tant que ça que je prononce le mot, je peux le faire.

— Une o-bè-se, Gustave. Voilà ce que j'entends par là.

Il laisse échapper un renâclement dédaigneux.

— J'ai jamais entendu une bêtise pareille. Tu es très bien comme tu es.

— Ce n'est pas l'avis des docteurs ni de mon cœur, au sens propre comme au figuré, Gustave.

— Tu es tout en rondeurs, et alors ? Tu crois que pour cette raison, cet homme ne serait pas attiré par toi ?

— On ne joue pas dans la même catégorie, affirmé-je.

— Parce qu'il est quoi ? Musclé ? Beau ?

— On va dire ça.

— Et parce que tu es grosse, tu n'es sortie qu'avec des moches ?

— Non !

— Alors pourquoi cela serait différent, cette fois ?

Je penche la tête de côté et réfléchis sérieusement à sa question. À vrai dire, je n'ai pas vraiment de réponse à ça.

— J'en sais rien mais... il est vraiment étrange. C'est comme s'il était bipolaire ou un truc dans le genre avec un dédoublement de la personnalité.

Gustave éclate de rire.

— Tu devrais lui accorder le bénéfice du doute. Moi, si j'avais son âge et que Marguerite n'était pas dans le tableau, je tomberais sous ton charme, Précieuse.

Face à son compliment, je rougis et je lui prends la main.

— Merci, Gus et maintenant, à mon tour de vous demander quelque chose, d'accord ?

— Tout ce que tu voudras.

Je ne dirais pas ça aussi vite, si j'étais lui.

— J'aimerais que vous appeliez votre famille et…

Il me coupe la parole.

— Je t'ai déjà dit qu'ils étaient débordés.

— Je m'en fiche.

Surpris, il hausse les sourcils et je continue :

— Qu'ils soient *overbookés* ou non, j'en ai rien à faire. Vous êtes à l'hôpital, Gus, vous êtes fatigué et…

— Vieux.

Je hoche la tête.

— Oui et Dieu seul sait combien de temps il vous reste à passer sur Terre alors… Ne le gâchez pas en voulant les protéger. Profitez d'eux, tant que vous le pouvez encore, d'accord ?

Son regard si pétillant me scrute avec intensité et au bout de plusieurs secondes, il abdique.

Je pousse un soupir de soulagement.

— Promis ?

— Tu veux pas que je crache, non plus ?

J'éclate de rire. Gustave, lui, tourne la tête et reporte son attention sur la télé. Bien que ses yeux soient rivés sur l'écran, je sais qu'il ne le regarde pas vraiment et qu'il est quelque part ailleurs dans son esprit. Il fait souvent cela et selon les docteurs, à son âge, c'est normal. Alors, je retire mes chaussures, m'installe plus confortablement sur le fauteuil et je me prête au jeu de regarder les péripéties anthologiques de Victor et Nikkie Newman.

Après un épisode des *Feux de l'Amour*, Gustave se replonge dans ses souvenirs et pendant deux heures, je suis suspendue à ses lèvres. Cet homme est un véritable conteur, il a une façon de narrer les événements qui fait que vous avez l'impression d'y être, de ressentir chaque émotion. Au moment où je m'apprête à partir, Gus me demande de lui passer le téléphone posé sur la table de chevet et je le lui tends avec un sourire. Il m'en rend un crispé en retour et je lui prends la main.

— Ça va bien se passer, Gus. Vous pouvez le faire.

Il hoche la tête puis compose un numéro de téléphone. Nous retenons notre souffle et ses doigts se crispent autour des miens. Lorsque son interlocuteur décroche, nous poussons un soupir de soulagement. La voix de Gus tremble légèrement mais le sourire qu'il m'adresse cette fois est ravi. Je l'embrasse sur le sommet du front et lui chuchote que je repasserai bientôt, puis je sors de la chambre.

Je traverse le couloir et m'arrête au bureau des infirmières afin de les informer du changement de situation. Cécile me remercie et après un bref échange, je quitte ce lieu dans lequel je me sens oppressée. Bien que j'aie passé un excellent moment avec Gus, le fait d'être à l'hôpital me rappelle douloureusement que j'ai failli y passer et d'un pas pressé, je marche jusqu'à ma voiture.

Une vingtaine de minutes plus tard, je gare ma *Clio* sur le parking de l'école maternelle. De là où je suis, je peux voir les grandes portes d'entrée encore closes et n'ayant pas envie de croiser le père d'Andréa, je décide d'attendre qu'elles ouvrent dans ma voiture. Et puis de toute manière, je n'ai qu'à guetter les mamans survoltées pour savoir quand cela sera le cas, à chaque fois, on dirait une scène digne du premier jour des soldes devant les magasins. Quelques minutes plus tard, je sors de mon véhicule et vais récupérer Charline, regardant autour de moi afin de vérifier si le garagiste est là. Même si Gus m'a demandé de lui laisser le bénéfice du doute, je n'ai pas vraiment envie de commencer aujourd'hui.

Arrivée dans le couloir, je reste en bout de file et attends mon tour, le temps que les parents récupèrent leurs bambins. Dès l'instant où ma filleule m'aperçoit sur le seuil de la porte, elle pousse un cri de joie et me saute dans les bras.

Il n'y a pas à dire, je ne me lasse pas de ce genre d'accueil.

— Dis, marraine ? T'es viendue avec ta nouvelle voiture ?

— On dit venue, ma puce, réponds-je avec un sourire en attrapant son manteau.

— C'est qu'est-ce que j'ai dit. Alors ? Je vais monter dans ta nouvelle voiture ou tu as toujours la vieille moche que t'as prêté le garage ?

J'éclate de rire. C'est vrai que ma dernière voiture n'était plus toute jeune mais comparée à celle de courtoisie, elle était toutes options.

— Et… c'est grave si c'est la vieille moche ?

En prononçant ces paroles, je perçois des exclamations étouffées dans mon dos et n'entends pas la réponse de Charline. C'est sûr que sorties de leur contexte, mes paroles peuvent être mal interprétées.

Je me tourne et offre un sourire crispé à une dame d'âge mûr puis attrape la main de ma filleule et traverse le couloir au pas de course. Décidément, j'ai le chic pour me faire remarquer à l'école.

Arrivées sur le parking, je pousse un soupir de soulagement tandis que Charline s'exclame :

— Elle est où ta voiture ?

Je lui montre du doigt.

— C'est celle-ci.

— La rouge ! T'as acheté une voiture rouge comme les pompiers ?

Je hoche la tête.

— Wouah ! Ma marraine est une super héroïne.

Tout à coup, ma filleule lâche ma main et part en courant.

— Charline ! hurlé-je. Y a des voitures ! Reviens ici !

Je me mets à courir derrière elle et me fige quelques mètres plus loin lorsque celui que j'espérais ne pas croiser l'intercepte.

— Hey ! Doucement, ma puce ! C'est dangereux, dit-il d'une voix douce.

Je cligne plusieurs fois des paupières, reprends mes esprits et me remets en mouvement.

— Merci, dis-je sans regarder le père d'Andréa dans les yeux. Allez, viens Charline !

Je sors mes clés de la poche de ma veste et déverrouille ma voiture.

— T'as vu, Andréa ! Ma marraine, elle a une voiture de la même couleur que les pompiers !

— Wouaaaah ! Trop de la chance !

Je laisse échapper un rire et contourne monsieur Floquet. Lorsque j'ouvre la portière, il me dit :

— Jolie caisse ! J'en suis presque jaloux.

Je m'immobilise. *Il se fiche de moi ?* C'est *lui* qui me l'a vendue et il se comporte comme s'il la voyait pour la première fois. De plus, je me rappelle très bien le regard qu'il avait fait quand j'avais choisi la *Clio* rouge plutôt que l'autre modèle noir, il était clairement dégoûté comme si mon choix était ridicule et là… il…

Je secoue la tête. Ça ne sert à rien de vouloir essayer de le comprendre, je crois qu'il lui manque une case, tout simplement.

Attendant toujours une réaction de ma part, je me retourne vers le père d'Andréa et lui offre un sourire crispé puis j'aide Charline à s'installer dans son siège avant de me mettre derrière le volant et de prendre la route sans un regard en arrière.

Chapitre 11

Côme

Dès qu'elle met un pied dans ma voiture, Andréa se met à me raconter sa journée. Si d'ordinaire, j'adore quand elle me parle de Liam-le-dégoûtant, Lola-la-cracra et Chacha, sa meilleure amie, aujourd'hui, je l'écoute d'une oreille distraite car je n'arrive pas à me sortir la marraine de Charline de la tête.

Encore une fois, je suis reparti sans connaître son prénom et je me fustige intérieurement de ne pas y être parvenu. En même temps, elle ne m'en a pas laissé l'occasion. Je ne sais pour quelles raisons mais je crois qu'elle me déteste. Pourtant, je n'ai rien fait pour, au contraire, à chaque fois que j'ai tenté de l'approcher, je me suis montré gentil, souriant, amical et malgré ça, je n'arrive pas à percer sa carapace.

Décidément, je crois que je ne comprendrai jamais rien aux femmes.

Lorsque nous arrivons au garage de ma famille afin que je dépose Andréa, je me gare sur le parking réservé aux employés. OK, je n'en fais pas partie mais qui va m'engueuler ? Mon frère ? Mon père ?

Je ricane et coupe le moteur.

— T'as pas droit de te garer là !

Ah ben non, ma filleule !

Je me tourne vers Andréa.

— Ah bon ?

— Ben nan, c'est pour les gens qui travaillent là. Toi, tu travailles pas là.

— Non, c'est vrai mais je reste pas longtemps alors, je crois que c'est pas grave.

— Papa râle tout le temps quand les gens qui travaillent pas là se garent là, tu sais ? Il va te gronder.

Amusé, un sourire en coin se dessine sur mes lèvres.

— T'inquiète, ma puce. Papa ne va pas me gronder.

— Si tu le dis.

Elle hausse les épaules et je sors de la voiture. Je fais le tour du véhicule, ouvre la portière, détache Andréa de son siège-auto et nous partons main dans la main. Lorsque nous passons devant l'atelier, je suis surpris que le hangar soit fermé alors qu'en temps normal, c'est le rush de dernière minute. Une désagréable sensation s'empare de moi et j'accélère le pas.

— Hey ! J'ai des petites jambes, moi !

Je ralentis le pas afin qu'Andréa puisse me suivre et lorsque nous arrivons devant l'entrée, ma filleule me lâche la main et se précipite à l'intérieur. Je prends une grande inspiration et entre à mon tour et constate avec effroi qu'il n'y a plus personne, exceptée Marjorie, la réceptionniste.

— Qu'est-ce qui se passe ?

— Bonjour, Côme. Votre père et votre frère vous attendent à l'étage. Je vais garder Andréa en attendant, me répond-elle d'une voix mielleuse.

Ma filleule suit la réceptionniste et je me monte quatre à quatre les marches de l'escalier puis fonce jusqu'au bureau de mon père.

J'ouvre la porte à la volée.

— Pourquoi le garage est fer…

Je m'arrête en pleine phrase. Tout le monde est là : mes parents, Gabin et sa femme, Nathalie, les mines contrariées.

— Quelqu'un est mort ? demandé-je d'une voix blanche.

Papa s'avance vers moi.

— Non, mon garçon mais ton grand-père est à l'hôpital.

J'accuse le coup. Mamie Marguerite nous a quittés l'année dernière et même si c'est dans l'ordre des choses, je ne suis pas encore prêt à perdre un autre grand-parent et encore moins, mon papy préféré. Je sais que ce n'est pas bien de dire que l'on a une préférence mais je ne peux m'en empêcher. Durant toute mon enfance, il a été mon roc. C'est papy Gus qui venait nous chercher tous les soirs à l'école, nous donnait notre goûter, nous faisait faire nos devoirs, nous emmenait à nos compétitions sportives, foot pour Gabin et rugby pour moi. C'est lui qui m'a appris à faire du vélo. C'est lui qui m'a appris à réparer ma première bécane.

— Comment il va ? demandé-je d'une voix blanche.

— Je ne sais pas trop. Au téléphone, il avait l'air bien mais tu le connais…

— Il pourrait être à l'article de la mort qu'il ne le dirait pas afin de ne pas nous inquiéter et qu'on se concentre sur nos vies.

— Oui et c'est pour ça que j'ai fermé le garage plus tôt. On va aller le voir, tous ensemble.

Je hoche la tête et dans un même mouvement, nous sortons de la pièce. Arrivés dans le hall, Nathalie récupère Andréa et Gabin vient vers moi.

— Tu me prends avec toi ? Nath et Andréa vont rentrer à la maison.

— Pas de souci.

Nous sortons du garage et après l'avoir fermé, nous prenons ma bagnole et suivons le 4x4 de notre père.

Trois quarts d'heure plus tard, nous déboulons au service cardiologie et sommes accueillis par une infirmière à la peau couleur caramel et au visage rassurant.

— Bonjour, je suis Cécile. Vous devez être la famille de ce bon vieux Gus ?

Mon père avance d'un pas et lui tend une main.

— Bonjour, madame. Je suis Jacques Floquet, son fils.

Elle offre un sourire bienveillant à mon père.

— Vous lui ressemblez beaucoup. Je suis contente qu'il vous ait appelé, ça fait des semaines que je le supplie de le faire.

— Il va mourir ? demandé-je brusquement. C'est pour ça qu'il a téléphoné ?

L'infirmière secoue la tête et me regarde avec un air attendri. Je suis sûr que j'ai l'air d'un gamin affolé et pas d'un adulte de vingt-cinq ans mais quand il s'agit de mon papy Gus, je perds rapidement mon sang-froid.

— Non, c'est grâce à son amie, Précieuse.

— Précieuse ? répété-je.

— Je ne savais pas qu'il avait une amie qui s'appelait ainsi, renchérit papa.

— Ils se sont connus, ici. Elle est sortie depuis plusieurs jours mais elle vient quand même voir Gus. Ils s'aiment beaucoup.

Je grimace.

Papy Gus aimait mamie Marguerite plus que tout au monde. Elle est partie l'année dernière et je pensais qu'il ne s'en remettrait jamais et là, j'apprends par son infirmière que lui et une certaine Précieuse s'aiment. Il ne manquerait plus que papy nous ait appelés pour nous annoncer qu'il convole en secondes noces avec

Précieuse et ça serait le pompon !

— Est-ce qu'on peut le voir ? demande Gabin.

— Oui mais pas tous en même temps. Pas plus de deux personnes à la fois, d'accord ?

Nous acquiesçons et mes parents vont voir papy en premier tandis que Gab et moi allons à la cafétéria. Nous commandons des cafés et allons nous installer à une table.

Pendant plusieurs minutes, aucun de nous deux ne prononce un mot puis Gabin rompt le silence.

— Nath est enceinte. Je vais encore être papa.

— Quoi ? C'est super ! Félicitations.

Je me lève et le serre dans mes bras puis reprends ma place.

— C'est pour quand ?

— Pour le mois de juin, souffle-t-il.

Je fronce les sourcils.

— Qu'est-ce qui se passe ? C'est à cause de papy ou…

Gabin pousse un profond soupir et se rencogne sur sa chaise.

— C'est arrivé si vite ! En septembre, elle me disait qu'elle voulait arrêter la pilule et le mois d'après, elle était déjà enceinte.

— Et… c'est mal ?

— Oui ! Non ! Enfin… Je ne suis pas sûr d'être prêt à être de nouveau papa.

— Pourquoi ?

Il passe une main nerveuse dans ses cheveux.

— J'adore Andréa, elle est ma raison de vivre mais quand je l'ai eue, j'avais tout juste vingt ans. On commence à peine à respirer de nouveau avec Nath et je gère désormais le garage. Je… Je ne vais jamais réussir à gérer un autre gosse, Cô.

— T'es sérieux ? T'es un super papa, un bon mari, un bon patron. S'il y a une personne sur Terre qui peut gérer toutes ces choses à la fois, c'est bien toi.

Mon frère me regarde droit dans les yeux.

— Tu dis ça parce que tu es mon jumeau.

Je lève les yeux au ciel.

— J'dis ça parce que c'est la vérité.

— Merci.

Nous échangeons un sourire et nous mettons à boire nos boissons en silence.

Quelques minutes plus tard, maman nous rejoint et nous avertit que c'est notre tour. Nous traversons les longs couloirs blancs tous les trois et arrivés devant la porte de la chambre de papy, Gabin demande à maman si elle et papa peuvent l'attendre quelques instants afin de le ramener chez lui. Ma mère accepte et je propose à mon frère de profiter de ce moment tout seul. Il m'offre un sourire et entre dans la chambre. Pendant ce temps-là, je reste avec mes parents dans le couloir et me ronge nerveusement les ongles. Si je le pouvais, je sortirais de l'hôpital et attendrais en fumant une clope et la seule chose qui me retient de le faire n'est pas que j'essaie d'arrêter de fumer mais seulement que je n'ai pas de paquet sur moi. Même si je sais pertinemment que ça ne réduira pas mon stress, je meurs d'envie d'une cigarette. Peut-être que je pourrais aller à l'extérieur du bâtiment afin de demander une clope à quelqu'un ? Je suis sûr qu'il doit y avoir des gens, dehors, en train de fumer. Je pourrais le faire, non ?

Heureusement, je n'ai pas le temps de m'appesantir sur la question que Gabin sort de la chambre, moins de cinq minutes après y être entré.

Je dis au-revoir à mes parents et mon jumeau puis je prends une profonde inspiration et entre à mon tour.

La première chose qui me frappe en poussant la porte, c'est de voir à quel point papy Gus semble frêle et blanc au milieu de son lit et mon souffle se coince dans ma gorge. La seconde suivante, il m'aperçoit et m'offre un immense sourire.

— Salut, mon grand !

— Salut, papy.

J'avance jusqu'à son lit, l'embrasse sur le front et m'assieds sur le fauteuil à côté de lui.

— Comment tu te sens ?

— Comme les vieux ! rétorque-t-il, amusé.

Je secoue la tête.

— Papy !

— Oh ça va, ne fais pas cette tête, Côme ! J'suis pas encore mort.

J'ouvre des yeux ronds, outré.

— C'est pas drôle. Quand papa m'a dit que tu étais à l'hôpital…

Il lève une main entre nous, m'intimant le silence.

— C'est pour ça que je voulais pas vous appeler et vous faire peur pour rien mais… Précieuse m'a presque supplié de le faire et… je ne peux rien lui refuser.

Je grimace.

Encore cette Précieuse ! Et puis d'abord, « Précieuse », *c'est quoi ce prénom à la noix ? Je suis certain que cette bonne femme a un balai coincé dans le cul !*

— J'ai cru comprendre que *Précieuse* et toi êtes proches.

Il m'offre un regard pétillant de malice et la bile me monte à la gorge. Je n'arrive pas à croire qu'il ait déjà oublié ma grand-mère !

— Elle est gentille mais assez parlé de moi ! Donne-moi un peu de tes nouvelles, dit-il en tapotant le côté de son lit.

— Les affaires vont bien.

— Et côté cœur ?

— Rien à l'horizon.

— Rien ? Tu es sûr ?

— Je n'ai pas de petite amie, papy.

— Et aucune fille en vue ?

— Eh bien… il y a bien cette nana… à l'école maternelle d'Andréa. Tu la verrais, papy, je suis certain qu'elle te plairait. Elle est… belle comme le jour.

— Et… Qu'est-ce que tu attends pour flirter avec elle ? demande-t-il surexcité.

Je ricane.

— On dit plus « flirter », papy. C'est ringard !

— On s'en fiche. Tu m'as compris alors pourquoi tu éludes le sujet ?

Je me gratte la gorge, mal à l'aise.

— J'ai essayé de l'approcher mais elle me fuit comme la peste !

— Elle est peut-être timide ? Ou alors, peut-être que tu t'y prends comme un manche ?

— Ah ben, merci pour ton vote de confiance !

Il éclate de rire mais très vite, il s'étouffe. Je me lève et récupère la carafe d'eau posée sur la table de chevet, remplis un verre et le tends à mon grand-père. Il boit plusieurs gorgées puis me rend le verre que je repose à son emplacement initial.

— Je vais te laisser te reposer, papy. Je reviendrai très vite te voir, lui dis-je en lui prenant la main.

— T'es pas obligé de dire ça, Côme. On s'occupe bien de moi, ici, et Précieuse vient me rendre visite. Tu as ta vie, je veux pas que tu la mettes entre parenthèses pour ton vieillard de grand-père.

Je retiens un grognement.

— Je viendrai te voir, bientôt, affirmé-je en donnant une légère pression à sa main.

Papy me sourit et je l'embrasse sur le front. Je m'apprête à sortir de la chambre mais au moment où j'attrape la poignée, il m'interpelle et je me retourne.

— Pour la fille… Persévère, mon grand. Je suis certain qu'elle en vaut la peine.

J'acquiesce. Il m'adresse un clin d'œil et je quitte la pièce, le cœur un peu plus léger que lorsque j'y suis entré. À première vue, papy semble très fatigué mais son regard est toujours aussi espiègle et il est toujours aussi curieux. J'avais peur qu'il soit hagard, confus, couvert de tuyaux et de machines en train de biper. J'avais peur que ce soit la fin et je suis soulagé que son heure ne soit pas encore venue.

Chapitre 12

Ambre

Cela fait maintenant un mois que je suis sortie de l'hôpital et aujourd'hui, je revois le docteur Moreau pour la première fois et je stresse. Bien que Nicole m'ait affirmé que je récupérais vite et que mes constantes étaient excellentes pour une personne ayant fait une crise cardiaque, je n'arrive pas à m'ôter ni cette sensation étrange ni cette petite voix dans ma tête qui me dit que la doctoresse va m'annoncer une mauvaise nouvelle.

J'arrive à mon rendez-vous avec dix minutes d'avance et patiente nerveusement pendant près de trois quarts d'heure jusqu'à ce que la secrétaire m'annonce que c'est mon tour. D'un pas mal assuré, j'entre dans le bureau du médecin qui m'accueille avec un sourire bienveillant.

Nous nous serrons la main.

— Bonjour, mademoiselle Dufour. Je suis heureuse de vous revoir.

Je lui offre un sourire crispé et elle me fait signe de m'installer sur le fauteuil face à elle.

— Comment vous sentez-vous ?

— Bien ! Mon infirmière dit que je me remets vite.

Elle acquiesce.

— Je sais, j'ai eu son rapport. C'est très bien, Ambre. Je pense que nous allons pouvoir passer à l'étape suivante.

Et voilà ! On y est ! Elle va me dire qu'il faut que je repasse sur le billard ! J'en étais sûre...

— L'étape suivante ? répété-je d'une voix blanche.

— Tout à fait. J'aimerais que nous parlions de votre obésité.

Je grimace.

— Ou... oui ?

— Comme nous en avons discuté lors de notre précédente entrevue, je sais que vous avez déjà fait des dizaines de régimes et que vous avez fait souvent le yoyo jusqu'à accepter votre surpoids. Jusque-là, je ne me trompe pas ?

— Non, c'est exact.

— C'est très bien de s'assumer tel que l'on est mais

dans votre cas, cela peut s'avérer fatal. Si vous restez comme vous êtes aujourd'hui, je ne suis pas certaine que vous fêterez vos trente ans.

Je déglutis péniblement.

— Je vais me remettre au régime, affirmé-je d'une voix tremblante.

— Eh bien… j'ai peut-être une solution pour vous.

Je hausse les sourcils et elle continue.

— J'ai parlé de votre cas au docteur Galant, c'est le chirurgien bariatrique de l'hôpital.

— Baria… trique ? Qu'est-ce que ça veut dire ?

— Vous avez déjà entendu parler des anneaux gastriques ?

J'acquiesce.

— Eh bien, lorsqu'une personne a recours à un anneau gastrique, elle fait une chirurgie bariatrique. Ce sont les opérations liées à l'obésité.

— Ça veut dire qu'on va me mettre un anneau ?

— Non, étant donné le nombre de kilos que vous avez à perdre afin d'avoir un IMC de corpulence normale, le docteur Galant et moi pensons que l'anneau n'est pas une option.

Je secoue la tête.

— J'ai du mal à suivre.

— Je comprends, c'est beaucoup d'informations mais pour résumé, le docteur Galant – qui est le meilleur chirurgien dans sa catégorie – pense que vous êtes une candidate potentielle pour la sleeve ou le bypass et je suis de son avis.

Abasourdie, je prends une mèche de mes cheveux et l'entortille entre mes doigts, répétant le processus plusieurs fois afin de tenter d'assimiler les paroles de la doctoresse.

Face à mon silence, le docteur Moreau reprend :

— Si vous le souhaitez, nous pouvons aller le voir toutes les deux, maintenant.

Je sors de ma torpeur.

— Maintenant ?

— Oui, je lui ai demandé de bloquer son agenda afin de vous le présenter. Si vous êtes d'accord, bien évidemment.

— Euh… oui.

Elle se lève et je l'imite. Tel un robot, je suis la doctoresse avec la boule au ventre. J'ai une peur panique des opérations. La première fois, les pompiers m'ont trouvée inconsciente et je n'ai repris connaissance qu'après avoir été opérée en urgence. Je n'ai pas eu le temps de flipper. Là, j'ai l'impression qu'il fait cent degrés, que mes oreilles bourdonnent et que mon estomac s'amuse à remonter jusqu'à ma gorge.

Nous arrivons devant le bureau du docteur Galant et après avoir frappé deux légers coups à la porte, le docteur Moreau ouvre et me fait signe d'entrée.

Je suis accueillie par un homme d'une quarantaine d'années, aux faux airs de David Beckham et au sourire *Ultra Bright.*

— Vous devez être mademoiselle Dufour ? Je suis le docteur Galant, enchanté de faire votre connaissance.

Il m'offre une ferme poignée de main et je lui réponds d'une voix rauque.

— De même.

— Installez-vous, je vous en prie.

Le docteur Moreau et moi nous assoyons en face du bureau du chirurgien. Mes mains tremblent comme des feuilles et il me faut les mettre sous mes cuisses afin de masquer mon anxiété aux deux toubibs.

— Le docteur Moreau m'a parlé de votre cas et j'ai des solutions à vous apporter mais attention, je ne dis pas que ce sera facile : passer par la case opération n'est pas un choix anodin mais dans votre situation, c'est vital. En étant obèse, vous forcez votre cœur à pomper plus fort pour faire circuler votre sang et cela ne touche pas seulement votre cœur. Tous vos organes ainsi que vos os forcent plus afin de compenser votre surcharge pondérale. Et puis, c'est sans compter tous les autres risques liés à l'obésité : hypertension, diabète, apnées du sommeil, ronflement, asthme, arthrose. Vous n'avez que vingt-cinq ans, mademoiselle Dufour pourtant, votre corps en a soixante.

J'ouvre des yeux ronds.

— Je sais que cela peut vous paraître exagéré mais je vous assure que c'est la vérité. Si vous restez obèse, je doute que vous vivrez longtemps. Évidemment, on peut mourir du jour en lendemain en se faisant renverser mais ne croyez-vous pas que vous êtes encore assez jeune pour décéder ?

Face à son ton alarmiste, je suis parcourue d'un frisson.

Mes parents et mes docteurs généralistes m'ont toujours dit que vivre obèse était dangereux pour la santé et même avec la meilleure volonté du monde, j'ai essayé de maigrir, plein de fois, mais on connaît le résultat. J'ai vingt-cinq ans et je suis en obésité morbide.

Durant plus d'une heure, j'écoute le médecin me parler des deux opérations auxquelles il a pensé, me donnant les avantages et les inconvénients de chacune d'elles. Il m'informe qu'il y a toute une procédure à suivre et qu'à la fin de notre entretien, sa secrétaire me donnera des rendez-vous avec tous les spécialistes afin de lancer le protocole préopératoire.

Lorsque je retourne à mon véhicule avec une analyse de sang longue comme le bras à faire et une série de rendez-vous pour le mois, je suis complètement sidérée. Je suis complètement déstabilisée et ce que le docteur Galant me propose, me semble tellement « miraculeux » que cela me rend perplexe.

Je monte dans ma voiture et envoie un message groupé à mes amies, leur demandant de boire un verre ce soir afin de me changer les idées. Je n'attends pas leurs réponses et range mon smartphone dans mon sac. Je mets le contact et une alarme m'indique que je n'ai presque plus d'essence. Je prends la route et cherche la station-service la plus proche.

Après avoir fait le plein, je remonte dans ma voiture et lorsque je démarre, elle broute bizarrement. Je fais une dizaine de mètres et elle cale. Je coupe le contact, le remets en marche et après fait un pauvre petit mètre, la voiture cale de nouveau. Je recoupe le contact. Redémarre mais par deux reprises, la voiture cale encore. Je décide d'arrêter de tenter de la mettre en marche et laisse tomber ma tête sur le volant en poussant un soupir dépité.

Pourquoi ma voiture me fait un coup pareil ? Le vendeur m'a assuré qu'elle était en parfait état de marche mais j'aurais dû me douter qu'il me prenait pour une idiote !

Je récupère mon téléphone portable et remarque que mes copines ont accepté ma proposition mais je ne m'attarde pas sur ça et appelle *Mondial Assistance*. L'hôtesse me demande de lui indiquer ce qui vient de se passer et lorsque je lui dis que je viens de faire le plein, elle me demande :

— Vous avez mis quoi comme carburant, madame ?

— Eh bien, du gazole.

Et là, c'est comme si une toute petite ampoule électrique venait de s'allumer dans mon esprit.

— Oh merde !

— Je vous demande pardon ?

— Je… me suis trompée ! C'est… merde ! J'aurais dû mettre du sans plomb ! Je suis trop nuuulle !

— Mais non, ne dites pas ça, madame. Ça arrive à tout le monde. Vous n'imaginez pas combien de fois par jour, je reçois ce type d'appels !

— Vous dites ça pour me remonter le moral.

— Oui mais je vous assure que c'est vrai et en plus, vous avez de la chance, le remorquage pour l'erreur de carburant est prévu dans votre contrat. Je vous envoie un dépanneur, il devrait arriver dans une quinzaine de minutes. Surtout, ne vous éloignez pas de votre véhicule et gardez votre téléphone à la main, si jamais il n'arrive pas à vous trouver.

— Il ne peut pas me louper ! J'ai une voiture rouge.

— Très bien, je le note au dossier, ça devrait l'aider.

Nous raccrochons et j'envoie un message aux filles :

« C'est qui qui a joué la blonde de service et *qui vient de mettre du gazole au lieu du SP 95 dans sa voiture et se retrouve en panne à la sortie de la station* ? C'est bibi ! #boulet »

Les réponses ne se font pas attendre :

Eva : « Oh nom de Dieu ! T'as pas osé ! »

Camille : « Oh non mais j'en peux plus de toi, t'es définitivement pas sortable ! »

Pauline : « Dis-moi *que t'es pas* sérieuse ! »

Jade : « On va enfin me lâcher avec Guadalajara ! »

Réponse groupée : « *Alors là, tu rêves !* »

Pour la petite histoire, Jade est partie en vacances en Espagne avec son petit ami, Joshua et toute sa famille. Le dernier jour de leur voyage, en début de matinée, ils ont décidé de faire une halte à Guadalajara, petite commune à une heure de route de Madrid. Mon amie s'est proposé de réserver un hôtel et elle était folle de joie : en deux coups de cuillère à pot, elle avait trouvé trois chambres pour onze personnes à moins de deux cents euros. C'était inespéré surtout compte tenu du fait que la plupart des hôtels affichaient complet et que les tarifs à Madrid étaient exorbitants. Avec du recul, ça aurait dû lui mettre la puce à l'oreille. Joshua était tellement fier d'elle qu'il n'arrêtait pas de vanter ses mérites auprès de sa famille. En fin de journée, la mère de Jo était fatiguée et a demandé si l'hôtel était loin de l'endroit où ils étaient. Jade a entré les coordonnées dans le GPS et là, elle a vécu son plus grand moment de solitude. L'appareil affichait une carte du monde sur laquelle on pouvait voir qu'il fallait traverser l'océan. En réservant les chambres, Jade n'a pas fait attention que le site avait envoyé sa recherche sur Guadalajara, Mexique et que la facture était en *pesetas*. C'était il y a plus de six mois et depuis, nous nous moquons gentiment de sa bêtise.

Je passe le temps à échanger des textos avec mes amies quand un coup de klaxon retentit derrière moi, me faisant sursauter.

Il a pas vu cet abruti que j'ai mis mes warnings ?

Je jette un coup d'œil dans le rétroviseur intérieur et constate qu'il s'agit du dépanneur.

Au temps pour moi !

Je sors de la voiture et vais à la rencontre de mon sauveur lorsque je m'immobilise.

Pincez-moi, je rêve !

Ça ne peut pas être possible.

Ma journée ne pouvait être pire !

— Vous ! nous exclamons-nous d'une même voix.

Au moins, aujourd'hui, il ne fait pas semblant de ne pas me reconnaître.

— Ah ben ça alors ! Quelle surprise ! continue celui que je cherche par tous les moyens d'éviter depuis deux semaines. Qu'est-ce qui vous est arrivé ?

Je déglutis péniblement.

— Jemesuistrompéedessence, débité-je d'une traite.

Contre toute attente, le père d'Andréa n'explose pas de rire et m'offre même un sourire contrit.

— Si ça peut vous rassurer, je dépanne pour ce motif au moins une fois par semaine.

Je grimace et il commence à sortir son matériel de son camion. Je me mets sur le côté et je l'observe à la dérobée.

Je ne savais pas que les gérants des garages avaient leur propre dépanneuse et qu'ils se déplaçaient en personne. J'aurais été prête à parier que ce type ne se salissait jamais les mains. Comme quoi… il ne faut jamais se fier à l'apparence des gens.

Lorsque le garagiste a terminé de sangler ma voiture sur le plateau, nous montons à bord du camion.

— Vous avez un garage de préférence ?

— Euh… le garage Floquet, réponds-je en me demandant *pourquoi* il me pose cette question.

Il est con, ou il le fait exprès ?

Le dépanneur me lance un regard en coin puis il démarre le moteur.

Durant les premières minutes de trajet, aucun de nous deux ne prononce un mot jusqu'à ce qu'il se lance :

— Ça fait un moment que je ne vous vois plus à l'école. Vous ne venez plus chercher votre filleule ?

— Si, si.

— C'est étrange, alors.

Pour toute réponse, je hausse les épaules, espérant qu'il comprendra que je n'ai pas envie de parler. Il est évident que je ne peux pas lui avouer que je fais tout pour l'éviter. Quand j'arrive à l'école, je vérifie autour de moi et me mets en retrait afin qu'il ne m'aperçoive pas et pour l'instant, ça marche. La preuve !

— Et sinon… Je me disais qu'avec toutes les fois où nous nous sommes parlé, je… euh… ne connaissais même pas votre prénom, c'est bête, non ?

Il. Se. Fout. De. Ma. Gueule ?

— Vous êtes sérieux ? éructé-je.

Face à ma façon de lui répondre, il blêmit et se passe une main nerveuse derrière la nuque.

— Vous êtes toujours comme ça ?

— Excusez-moi ? demandé-je outrée.

— Vous voyez ! Comme ça ! dit-il en me pointant du doigt. Agressive !

— Je ne suis pas…

Je grince entre mes dents et maugrée :

— C'est vraiment l'hôpital qui se fout de la charité.

Le silence retombe entre nous et je me rencogne dans mon siège en regardant obstinément par la fenêtre. Lorsque nous arrivons devant le garage, avant même que mon chauffeur ne coupe le contact, je récupère mon sac à main au sol, le pose sur mes genoux en le tenant fermement entre mes bras avec la furieuse envie de sortir de ce camion et partir le plus loin possible de ce type qui m'horripile.

La dépanneuse s'immobilise et je sors en trombe, manquant au passage de m'aplatir comme une crêpe, ayant oublié que la marche était haute.

— Vous n'avez rien ?

Je me retourne vivement prête à cracher au garagiste de se mêler de ses affaires mais mes mots meurent sur mes lèvres.

À quel moment s'est-il changé ? C'est Superman, ou quoi ?

— Tiens, t'es là !

Tout à coup, j'ai l'impression de voir double. Je me frotte les yeux et cligne plusieurs fois des paupières mais rien n'y fait : il y a toujours deux types en face de moi. L'un, habillé en bleu de travail, l'autre en costume. L'un avec des boucles folles. L'autre avec une coupe courte. Mais sinon ? Ce sont *exactement* les mêmes. Les. Mêmes. Pareil. Des copies conformes.

Ben merde alors !

—Vous… et vous… Vous êtes… jumeaux ! Vous êtes *vraiment* le parrain d'Andréa ! m'exclamé-je en montrant l'homme qui vient de me dépanner.

Les deux frères se regardent comme si j'étais folle puis ils éclatent de rire.

J'ai l'impression d'être le dindon de la farce.

Lorsque les deux hommes recouvrent leur calme, le dépanneur s'avance vers moi.

—Je crois qu'il y a eu un malentendu, n'est-ce pas ?

Je hoche la tête.

— Laissez-moi éclaircir la situation : voici Gabin, mon jumeau et le papa d'Andréa qui est dans la même classe que Charline et gérant du garage familial. Moi, je suis Côme, le parrain d'Andréa et dépanneur. Enchanté, termine-t-il en me tendant sa main.

— Je… euh… Ambre Dufour, enchantée, réponds-je horriblement gênée.

Au contact de sa paume, un frisson me parcourt l'échine et je recule d'un pas.

— Je suis vraiment désolée d'avoir été désagréable, tout à l'heure, m'excusé-je, platement.

— Vous inquiétez pas. Je comprends, maintenant.

Nous restons là pendant plusieurs secondes, les yeux dans les yeux, comme si rien d'autre n'existait autour de nous et je ne sais pas pourquoi mais mon cœur bat à tout rompre dans ma poitrine. Le fait de savoir que je m'adressais à deux hommes différents me fait espérer que peut-être, Côme – puisque c'est ainsi qu'il s'appelle – est réellement gentil.

Un raclement de gorge me fait sursauter et nous ramène à la réalité. Côme et moi nous retournons et son frère nous regarde avec un air impatient sur le visage.

— Tu as fini ? Je peux t'emprunter mademoiselle Dufour pour faire les papiers de prise en charge de sa voiture ?

Côme hoche la tête.

— Dans ce cas, suivez-moi, mademoiselle Dufour.

J'opine du chef.

— À bientôt, Ambre, murmure d'une voix grave le dépanneur lorsque je passe à ses côtés.

Je lui offre un sourire, le premier sincère depuis que je l'ai rencontré, et rejoins son frère dans le hall du garage.

Cela fait des jours que je fais tout pour éviter cet homme et je viens de comprendre que je n'esquivais pas la bonne personne.

Comment pouvais-je savoir qu'en réalité, ils étaient deux ? C'est dingue !

Chapitre 13

Ambre

Depuis trois mois, j'enchaîne les rendez-vous médicaux avec les spécialistes chargés de statuer sur mon dossier afin de savoir si je vais bénéficier ou non d'une chirurgie bariatrique.

J'ai passé une radio de la mâchoire afin de vérifier mon indice de mastication, une échographie du foie et j'ai subi une fibroscopie afin de prélever un échantillon de mon estomac et de le faire analyser pour vérifier que je n'ai pas une bactérie pouvant retarder l'opération.

J'ai été voir un endocrinologue qui m'a donné tout un tas de prises de sang à faire. Un pneumologue qui m'a fait subir un test d'effort qui consistait à être enfermée dans un box transparent et de souffler dans un bec relié à des machines. Je ne suis pas claustrophobe mais entre ces quatre parois vitrées, mon cœur battait tellement fort dans ma poitrine que j'ai cru ne jamais réussir le test. Un ORL qui m'a donné un test d'apnée du sommeil – ça a été une véritable galère de faire tenir le tuyau censé rester dans mon nez ainsi que le capteur sur le bout de mon index durant toute la nuit. Une psychologue qui va me suivre durant tout mon parcours pré et post opératoire. Je la vois tous les quinze jours pour faire le point. Un orthopédiste a pris les mesures de mon corps pour faire réaliser une ceinture abdominale ajustée afin d'éviter une éventuelle descente d'organes. J'ai également revu mon cardiologue, le docteur Moreau qui m'a fait passer un électrocardiogramme afin de vérifier que mon cœur pourrait supporter une nouvelle opération.

J'ai terminé mes rendez-vous médicaux en consultant une diététicienne qui m'a donné mon protocole alimentaire.Dix jours avant l'opération, je suivrais un régime à base de fromage blanc afin de dégrossir mon foie. Ensuite, pendant un mois, je suivrais un programme très strict. Durant les sept premiers jours, je serai en phase liquide : soupe, bouillon, compote. Les sept jours suivants, phase semi-liquide et viande mixée en respectant les proportions : 50 g de féculents, 50 g de légumes, 50 g de viande et un dessert lacté ou un fromage. Ensuite, sept jours de phase viande mixée et la dernière semaine, réintégration de petits morceaux mais je dois garder à l'esprit que je ne devrais jamais dépasser les quantités pendant au minimum dix-huit mois afin d'être sûre de mettre toutes les chances de mon côté pour que l'opération soit une réussite.

Aujourd'hui, j'assiste à un groupe de parole entre anciens et futurs opérés afin d'échanger sur nos expériences. Nous sommes vingt femmes, âgées de vingt à cinquante-sept ans ayant lutté contre des problèmes de poids durant toute notre vie. Nous sommes quinze à être en fin de parcours et les cinq autres nous livrent leur témoignage.

Justine, quarante-deux ans, a été opérée il y a onze mois et a eu des complications. Elle a eu une fistule, conséquence liée à une agrafe qui a sauté. Elle avoue qu'elle a failli mourir mais que si c'était à refaire, elle le referait. Elle a perdu trente-huit kilos et se sent enfin femme.

Mélanie, trente-quatre ans, le témoin par excellence, opérée il y a deux ans, elle a perdu soixante-dix kilos et n'a aucune complication.

Monique, cinquante-deux ans, opérée depuis dix-huit mois. Elle a perdu vingt-cinq kilos et désespère de ne plus en perdre. Elle est toujours en obésité sévère et a toujours des problèmes de hanche.

Corinne, trente-sept ans, opérée depuis un an. Elle a perdu quarante kilos. Elle est en manque de magnésium, de fer, perd ses cheveux et son mari l'a quittée.

Clémentine, trente ans, opérée depuis deux ans. Elle nous dit qu'il y a plein d'aliments qu'elle ne supporte plus, qu'elle a sans arrêt des remontées acides comme lorsqu'elle était enceinte, qu'elle vomit au moins quatre fois par semaine, qu'elle a autant de crises abdominales comme des gastros fulgurantes, qu'elle a des renvois incontrôlables et ce quel que soit le lieu où elle se trouve mais à côté de ça, elle nous dit qu'elle ne regrette pour rien au monde tous ces petits désagréments de la vie de tous les jours. Elle a perdu cinquante-six kilos, ne s'est jamais sentie aussi femme, elle peut enfin courir après ses enfants sans être fatiguée, elle s'est remise au sport, elle a retrouvé une vie sociale. Elle nous confie que même si, aujourd'hui, elle est heureuse, il y a eu un moment où elle avait perdu son chemin, qu'il lui a été difficile d'accepter et d'assimiler le changement radical de son reflet dans le miroir. C'est comme si c'était elle sans l'être vraiment. Alors, elle s'est fait tatouer une phrase sous sa clavicule *Never Forget Who You Are*[3] et elle s'est reprise en main.

Je n'aurais jamais imaginé qu'écouter des femmes raconter leurs parcours – si similaire au mien – me fasse du bien et pourtant, c'est le cas. Même si je

3 *N'oublie jamais qui tu es*

ressens toujours une trouille folle à l'idée de devoir de nouveau passer sur le billard, leurs récits m'ont convaincue que je prenais la bonne décision. Ce que je retiens de ce groupe de parole, c'est que peu importe qu'elles aient rencontré des problèmes ou non, les opérées s'accordent à dire que si c'était à refaire, elles la referaient toutes sans hésiter. Si au départ, j'émettais des réserves quant au bien-fondé de venir à cette réunion, j'en ressors complètement enchantée et plus motivée que jamais.

J'ai appris à m'accepter obèse, à passer outre les moqueries des autres en préférant les ignorer plutôt que leur donner du crédit et aujourd'hui, je suis prête à affronter une nouvelle étape dans ma vie. Je sais d'où je viens. Je sais ce que j'ai traversé. Je sais qui je suis et je sais que je ne dois jamais l'oublier.

Le groupe de parole sonne la fin de mon parcours préopératoire et demain, j'aurai la réponse du conseil de discipline. Si mon dossier est accepté, le docteur Galant enverra une entente préalable à la Sécurité Sociale et si au bout de quinze jours, je n'ai pas reçu de refus, je connaîtrai ma date d'opération. Alors, les filles ont décidé que même si nous avions fait notre soirée habituelle du jeudi soir, la veille, nous devions faire une sortie supplémentaire, aujourd'hui, afin de fêter comme il se doit la fin de mon protocole.

Je suis en train de finir de peaufiner mon look lorsque je reçois un texto de Pauline – la reine de l'organisation – afin de m'avertir qu'elle sera là dans cinq minutes et qu'ensuite, nous irons récupérer Jade. Les autres nous retrouveront directement au *Bar des délices*. Je décide de l'attendre en bas de mon immeuble, attrape mon manteau et une pochette – qui remplacera mon sac à main – puis après une dernière caresse à Tink, je sors de l'appartement et tombe sur mon voisin-de-palier-canon.

— Salut, Dimitri !

— Bonsoir… euh… Mélissandre.

Je grimace et lui offre un sourire crispé. Bon, il s'est *encore* trompé de prénom mais au moins, il a fait un effort : il en a trouvé un qui a plus ou moins la même consonance.

— Tu sors, ce soir ? tenté-je d'engager la conversation.

Comme toujours, il me fait comprendre qu'il n'a pas envie de me parler. Il acquiesce puis sort son portable de sa poche et se met à pianoter dessus.

— Bon… ben… bonne soirée !

— Hum, hum…

Je ne sais pas pourquoi je m'obstine à vouloir être son amie et exaspérée par mon propre comportement, je secoue la tête puis reprends mon chemin. Lorsque je sors du bâtiment, Pauline est déjà là, garée en double file devant l'entrée et je me précipite dans sa voiture.

Comme toujours lorsque nous nous retrouvons toutes les cinq, nous passons notre soirée à rire tout en buvant du rosé et dégustant des tapas. Depuis ma crise cardiaque, le plus dur dans ces soirées est de ne pas me griller une clope en sirotant mon verre d'alcool. Alors, comme à partir de demain, ma vie va changer, ce soir, je décide de m'octroyer le droit de tirer quelques taffes sur une des cigarettes de mes copines. Oui, je sais que ce n'est pas bien mais en soirée avec mes amies, j'ai du mal à résister. Et à partir de demain, non seulement, je vais revoir mes habitudes alimentaires mais également ma manière de vivre en général. Alors, ce soir, j'ai le droit de profiter une dernière fois.

Je pique la clope de Jade sous les acclamations outrées de mes amies et aspire la fumée.

C'est dégueulasse !

Aussitôt, je me mets à tousser et redonne la cigarette à ma copine.

— Bien fait ! s'exclame Pauline.

En réponse, je lui adresse un doigt d'honneur et elle se marre.

Durant tout le repas, Camille n'arrête pas d'envoyer des textos, un sourire mystérieux sur les lèvres. Au bout d'un moment, n'y tenant plus, Pauline lui demande :

— Eh, mademoiselle Martinez, dis-le-nous, si on te dérange ?

Camille sursaute et pose son smartphone sur la table en rougissant.

— Et on peut savoir avec qui tu discutes, comme ça ? renchérit Jade.

Camille gigote sur son siège, mal à l'aise.

— Allez, c'est qui ? insisté-je, à mon tour.

— Eh bien… c'est Judith.

— *Judith* ? nous exclamons-nous, Eva et moi d'une même voix avant que je poursuive, seule. Tu veux dire *la* Judith ? Notre responsable ?

Camille hoche la tête.

— Mais enfin ? Pourquoi est-ce que vous vous parlez ? continue Eva. Je comprends pas, tu bosses pas dans la lingerie et tu l'as juste croisée deux ou trois fois. Vous êtes… amies ?

— Pas vraiment, non.

Face à ses réponses vagues, Pauline, Jade, Eva et moi fixons notre amie, attendant qu'elle nous explique. Camille lâche un soupir et comme pour se donner confiance, elle boit cul sec son verre de vin puis se lance.

— Vous saviez qu'elle habite dans le même quartier que moi ?

Nous secouons toutes la tête dans la négative.

— Eh bien, c'est le cas et un jour, nous nous sommes croisées à la boulangerie. Judith m'a tout de suite reconnue et est venue me parler. On a échangé nos numéros et on est allées prendre un café puis d'autres. On a sympathisé. C'est une femme sympa, drôle, intelligente.

— Donc, vous êtes amies ? reprend Eva.

Camille toussote et rougit de plus belle.

Je fronce les sourcils. Pourquoi est-elle autant gênée ? OK, elle est devenue amie avec notre boss, à Eva et moi, mais il n'y a pas de quoi en fouetter un chat.

— Je crois qu'on est plus que ça…

— Qu'est-ce que tu veux…

Eva, Pauline et moi fusillons Jade du regard et notre amie s'arrête net. Ses yeux s'écarquillent et elle lâche.

— Ooooh…

— Je suis désolée de ne pas vous en avoir parlé plus tôt mais… ça m'est tombé dessus. Littéralement. Je ne pensais pas qu'un jour, j'aurais pu être attirée par une femme mais Judith…

Les yeux de mon amie brillent d'un éclat que je n'avais jusque-là jamais vu dans son regard et je comprends : elle est amoureuse.

— Est-ce qu'elle t'aime, elle aussi ? demandé-je en lui prenant la main par-dessus la table.

Camille m'offre un sourire éclatant et hoche la tête.

— Alors, c'est tout ce qui compte.

— Vous… ne m'en voulez pas ?

— De quoi ? demandons-nous à l'unisson.

— De vous l'avoir caché ? Je ne veux pas que cela change quelque chose entre nous.

— Et qu'est-ce qui pourrait faire changer les choses ? demande Pauline.

— Que je sois amoureuse d'une femme.

— Parce que ça change qui tu es ? demandé-je.

— Non mais…

— Mais rien du tout ! rétorque Jade.

— On t'aime comme tu es, ajoutons-nous.

Notre amie laisse échapper une larme qu'elle essuie vivement puis elle nous offre un sourire rayonnant.

— Champaaaaagne ! s'écrie Pauline.

Nous éclatons toutes de rire tandis que Popo, très sérieuse, se lève et fait de grands signes dans l'espoir d'être vue par un des serveurs.

— Si tu veux avoir une chance qu'il te voie… vu ta taille… tu devrais te mettre sur un tabouret, la taquiné-je.

En réponse, elle me tire la langue mais elle monte quand même sur son siège.

Quelques instants plus tard, un serveur – aux faux airs de Chris Hemsworth quand l'acteur a les cheveux longs – vient à notre table et prend notre commande.

En attendant nos boissons, Eva propose que nous montions sur la scène pour faire un karaoké. Aucune de nous ne se fait prier et comme si nous avions de nouveau quinze ans, nous chantons à tue-tête *Tu m'oublieras* de Larusso.

Chapitre 14

Côme

Comme tous les vendredis soir, il est un peu plus de vingt-trois heures lorsqu'Aziz, Édouard et moi nous retrouvons au *Bar des délices*. Nous slalomons entre les clients afin de regagner notre table habituelle et sommes surpris de découvrir qu'elle est déjà occupée même si les voleurs ne sont pas autour. En effet, cinq verres sont posés dessus ainsi qu'une bouteille de vin rosé à moitié pleine, de plus, des vestes et des sacs à main sont posés sur les chaises.

— C'est quoi ce bordel ? demande Ed.

— Ça va, y a pas mort d'homme. On va trouver Antoine et il va nous dénicher une autre table, dis-je en posant une main sur l'épaule de mon ami.

— Mouais… C'est vrai que c'est pas comme si on venait tous les vendredis, c'est sûr, râle-t-il encore.

Aziz lui met un coup d'épaule et Édouard le fusille du regard tandis qu'Az et moi éclatons de rire. Nous reprenons notre chemin et croisons un serveur.

— Hey, Antoine ! Pourquoi y a des affaires de nanas à notre table ? l'interpelle Ed.

— Salut les gars, désolé pour ça.

Aziz et moi hochons simplement la tête tandis qu'Édouard continue.

— Tu peux l'être, c'est *notre* table.

— Ben en fait, c'est aussi la leur.

— T'es sérieux, mec ? On vient tous les vendredis depuis des années et on se met toujours au même endroit.

— D'habitude, elles viennent seulement le jeudi et prennent la même table que vous et même si je savais que vous alliez venir, je ne me suis pas senti de leur refuser *leur* table. C'est comme si vous veniez exceptionnellement un samedi et que je vous refusais *votre* table, j'suis pas certain que tu apprécierais.

— Ça, on ne peut pas le savoir, on vient jamais le samedi. Une chose est sûre c'est que là, ça m'emmerde.

Le serveur nous lance un regard suppliant afin qu'on lui vienne en aide et Aziz acquiesce en lui souriant. Antoine pousse un soupir de soulagement mais connaissant le sourire que lui offre mon pote, je serais lui, je ne crierais pas victoire trop vite.

— Allez, Ed, c'est pas grave. Je suis certain qu'Antoine va nous trouver une super place et que pour se faire pardonner, la première tournée est pour lui !

Mal à l'aise, le serveur laisse échapper un rire nerveux.

— OK mais juste un verre chacun.

Ed et Az échangent un regard puis ils donnent une tape amicale dans le dos d'Antoine en riant.

— Allez ! Ça ira pour cette fois ! abdique Édouard.

— Super ! Laissez-moi deux petites minutes et je vous trouve une table, OK ?

Nous acquiesçons et en l'attendant, nous nous dirigeons vers le comptoir afin de commander une bouteille de vodka. Ce n'est qu'à ce moment-là que je remarque qu'il y a un groupe de nanas en train de chanter du Larusso sur l'estrade.

Je lève les yeux au ciel. Je ne comprends pas ce que trouvent les filles à cette chanson, on dirait que pour elles, c'est un hymne ou une connerie dans le genre alors qu'il ne s'agit que d'une simple chanson qui parle de rupture.

— Elle est pas mal, la petite rousse, hein, Côme ?

Je reporte mon attention sur la scène et je ne vois pas la rousse dont me parle Aziz, mes yeux étant irrémédiablement attirés par une autre personne. Un sourire se dessine sur mes lèvres. Depuis que je l'ai dépannée, nous nous sommes tout juste croisés et je suis content de tomber sur elle, ici. Ça me donne une chance de l'aborder dans un endroit différent.

— Je t'avertis, je l'ai vu en premier !

— De quoi ? demandé-je en me tournant vers mon ami.

— Oh ! Je connais cette tête ! Une des filles t'a tapé dans l'œil ! Tant que tu me laisses la rousse…

— Et la petite brunette pour moi, ajoute Ed.

J'éclate de rire. Ces deux-là ne perdent jamais le nord !

— Vous inquiétez pas, c'est ni l'une ni l'autre.

— Les gars ! Votre table est prête !

Antoine nous interrompt et nous fait signe de le suivre. Nous retournons sur nos pas et nous arrêtons à la table à côté de la nôtre.

— Puisque vous ne pouvez pas être à votre table, je me suis arrangé pour que vous soyez le plus proche possible, dit le serveur en déposant son plateau dessus.

— Merci, Antoine. C'est parfait, dis-je en m'assoyant sur un tabouret.

Les gars s'assoient à leur tour et Ed s'empresse de remplir nos verres puis nous les levons et trinquons.

Quelques instants plus tard, le groupe de nanas passe à nos côtés et s'arrête à notre table. Enfin, pas à celle que nous occupons, là, tout de suite mais notre table habituelle. Je me rappelle alors ce que nous a dit Antoine quand nous sommes arrivés. Donc Ambre et ses copines sont, elles aussi, des habituées du *Bar des délices* et viennent tous les jeudis. Voilà une nouvelle intéressante si je veux la croiser par accident.

— Plutôt que mater comme ça, tu devrais porter tes couilles et aller lui parler, dit Ed.

Je lève les yeux au ciel.

— Vous vous rappelez la nana de l'école ?

— Celle qui t'a tapé dans l'œil et qui pensait que Gab et toi étiez la même personne ? demande Aziz.

— Ouais, celle-là. Eh bien, elle est ici. À notre table.

Sans aucune discrétion, les mecs se retournent et les filles le remarquent. Elles nous regardent en riant tandis qu'Ambre me fixe, les joues rougies, les yeux écarquillés, sa jolie bouche formant un O parfait.

À cet instant précis, une image d'elle *totalement* inappropriée avec la même expression mais dans d'autres circonstances s'impose à mon esprit. Je secoue la tête, attrape mon verre et le bois cul sec afin de les chasser de mon cerveau tandis que mes amis me dévisagent. Étant donné que je dois avoir la même tête qu'Ambre, il n'est pas difficile pour mes potes de faire le rapprochement.

— Elle a un joli visage, dit Az.

— Et une belle paire de seins, renchérit Ed.

— Putain, Ed ! T'es con ! rétorqué-je en lui mettant une tape derrière la tête.

— Ben quoi ? C'est vrai ! Sa robe a un sacré décolleté, c'est pas ma faute si mes yeux se sont attardés à cet endroit.

— Il n'a pas tout à fait tort, l'excuse Aziz.

Je dois avouer que je n'y ai même pas prêté attention et maintenant qu'ils me l'ont fait remarquer, je jette un coup d'œil dans la direction d'Ambre et déglutis péniblement.

— Et sinon ? Tu comptes aller la saluer quand ? demande Ed.

— Tu crois que je dois le faire ?

Mes potes échangent un regard consterné.

— Tu veux qu'on te tienne la main et qu'on vienne avec toi à sa table ?

En réponse à Aziz, je lui adresse un doigt d'honneur et tandis que ce con se marre, je prends mon courage à deux mains et me lève.

En quelques pas, je me retrouve devant quatre paires d'yeux qui me dévisagent sans retenue tandis qu'Ambre fait tout sauf jeter un œil dans ma direction.

— Bon… bonsoir, balbutié-je, mal à l'aise. Je vous ai reconnue alors je suis venu vous dire bonsoir.

Sérieusement, Côme ? T'as trouvé que ça comme entrée en matière ?

— Bonsoooiiir, répondent exagérément ses copines en chœur.

Ambre leur lance un regard noir mais elles l'ignorent et la petite brunette qui a tapé dans l'œil d'Aziz continue :

— Moi c'est Pauline et là c'est Eva, Camille, Jade et Ambre mais je crois que pour *elle*, je n'ai pas besoin de faire les présentations. Et vous êtes ?

— Côme.

— Comme quoi ? demande-t-elle.

— Il s'appelle Côme, c'est son prénom, rétorque Ambre d'un ton sec.

— Ah… ben… c'est pas Côm-un ! glousse Pauline.

Je me retiens de rouler des yeux. Je crois que j'ai entendu cette vanne pourrie des milliers de fois et le pire, c'est que je n'exagère même pas !

Je crois que ce n'était pas l'idée du siècle de les rejoindre. Face à toutes ces nanas, je me sens mal à l'aise et je ne vois pas comment faire pour me retrouver seul quelques minutes avec Ambre.

Tout à coup, le DJ fait une annonce et demande s'il y a encore des volontaires pour une dernière chanson avant qu'il n'arrête le karaoké. Sur une impulsion, je tends ma main à Ambre.

— Chantez avec moi !

Elle sursaute puis regarde tout autour d'elle comme si elle était à la recherche d'une solution pour me rembarrer ou qu'elle se demandait que ce soit bien à elle que je m'adresse.

— Je… euh… n…

— Ne me dites pas que vous ne chantez pas en public, je vous ai vue sur scène. S'il vous plaît.

Vu de l'extérieur, je suis persuadé que j'ai tout l'air de la supplier et… ouais, c'est le cas.

Elle m'offre un sourire timide puis elle attrape ma main et lorsque nos peaux entrent en contact, nous sommes parcourus d'une décharge électrique et retirons vivement nos mains en riant nerveusement.

Nous slalomons entre les clients et allons retrouver le DJ qui nous demande ce que nous souhaitons chanter.

— Moi, je voulais pas chanter alors j'en sais rien, lui répond Ambre.

— Et toi, une idée ?

— J'ai pas eu le temps de réfléchir. Un duo mais quoi ?

— OK, moi, je sais ! Tenez, prenez les micros et mettez-vous sur la scène.

— Mais… on chante quoi ? demande Ambre d'un ton paniqué.

— T'inquiète pas, ma belle, je t'ai entendu chanter avec tes copines, t'as qu'à suivre les paroles et tu t'en sortiras très bien.

Ambre rougit et je déteste ce mec pour provoquer ce type de réaction chez elle.

Nous montons sur scène et dès que les premières notes de musique retentissent, alors que je ne reconnais pas la chanson, Ambre semble se détendre. Elle fait un pas de côté et me murmure :

— C'est toi qui commences.

— Quoi ?

Elle me montre l'écran et le titre de la chanson apparaît *Sous le vent*, le duo entre Garou et Céline Dion.

Évidemment, je crois qu'il n'y a rien de plus cliché que du Céline Dion pour draguer une nana mais pour le coup, je suis reconnaissant au DJ. Il remonte légèrement dans mon estime.

Les paroles se mettent à défiler et je me mets à chanter. Du coin de l'œil, j'aperçois qu'Ambre me dévisage et lorsque vient le refrain où nous devons chanter ensemble, elle manque les premiers mots mais très vite, elle se reprend et lorsqu'elle chante, j'ai l'impression de me prendre une immense claque en pleine figure. *D'où est-ce que sort cette voix ?* Non seulement elle chante juste mais en plus, elle a ce grain de voix qui vous donne des frissons. Enfin, je ne sais pas ce que ressentent les autres mais moi, je suis complètement sous le charme et je me surprends à lui attraper la main. Ambre ne me repousse pas. Au contraire, elle m'offre un sourire éclatant et lorsque vient son solo, sa voix s'envole. Alors, quand revient le refrain, je me laisse emporter à mon tour et nous chantons en nous regardant dans les yeux, comme si nous étions seuls au monde. Lorsque la chanson prend fin, nous sommes accueillis par un tonnerre d'applaudissements et je lève nos bras, comme de véritables stars avant d'entraîner Ambre en dehors de l'estrade en riant.

— Wouah ! C'était génial ! Tu as une voix magnifique.

Ambre rougit et je ne sais pas si c'est parce que je suis grisé par l'alcool, le duo ou simplement par *elle* mais sans réfléchir, je presse mes lèvres sur les siennes. Elle se fige et je recule d'un pas.

— Désolé, je… non, en fait, je suis pas désolé.

Elle hausse un sourcil surpris et je continue :

— Je suis pas désolé parce que je crois que j'ai envie de t'embrasser depuis la première fois que je t'ai vue devant la salle de classe de nos filleules. Tu me plais, Ambre et j'aimerais bien qu'on apprenne à se connaître, toi et moi.

— Pourquoi ?

C'est quoi cette question ?

— Pourquoi quoi ?

— Pourquoi moi ? Je suis sûre que tu peux avoir toutes les filles que tu veux alors pourquoi *moi* ? C'est un défi ? Ou tu as toujours voulu sortir au moins une fois dans ta vie avec une grosse ? Parce que clairement, je ne comprends pas *pourquoi* un type comme *toi* voudrait sortir avec une fille comme *moi*.

Eh bien, bonjour la confiance en soi ! Elle a dû tomber sur de véritables connards pour penser ce genre de choses.

— Parce que je te trouve belle et que tu as l'air gentille. Et non, ce n'est ni un défi ni une lubie. Tu me plais, c'est tout.

Alors que je suis persuadé qu'elle va encore m'envoyer une nouvelle pique cinglante, contre toute attente, elle fait un pas vers moi. Puis, elle se hisse sur la pointe des pieds, pose ses lèvres sur les miennes et leur douceur me fait perdre la tête. Instinctivement, je passe un bras autour de sa taille et l'attire contre moi. Nos bouches s'entrouvrent, nos langues s'enlacent et plus rien ne semble exister autour de nous. J'ai déjà embrassé des dizaines de filles mais jamais avant aujourd'hui, je n'avais ressenti ça.

À bout de souffle, nous nous détachons l'un de l'autre et échangeons un sourire gêné.

— On… devrait rejoindre les autres, dit-elle d'une voix rauque.

— Euh… ouais, bonne idée.

J'attrape sa main et nous traversons le bar pour retrouver nos amis. Lorsque nous arrivons à quelques pas d'eux, je remarque qu'Aziz et Édouard ont rejoint les filles et discutent avec elles. Ambre s'immobilise et je lui lance un regard surpris.

— Un problème ?

— On peut pas faire ça.

Je hausse un sourcil.

— Faire quoi ?

— *Ça*, continue-t-elle en agitant son index d'elle à moi.

— Je comprends pas. Je pensais qu'il se passait quelque chose entre nous deux…

— C'est… le cas. Tu me plais beaucoup, à moi aussi, Côme mais… ma vie est sur le point de changer. Je n'ai pas le temps d'avoir un copain, en ce moment. Je suis désolée.

Elle lâche ma main et m'offre un sourire contrit puis elle se précipite vers ses amies. Elle parle à l'oreille de la petite brune et en moins de temps qu'il n'en faut pour le dire, toutes les filles se lèvent et sortent du *Bar des délices.* Je regarde la scène, les bras ballants, incapable de bouger. Je crois que c'est l'histoire la plus courte de toute ma vie. J'ai mis des mois à savoir son prénom, des semaines à comprendre qu'elle me confondait avec mon jumeau et ce soir, alors que je pensais vraiment qu'on était sur la même longueur d'onde, elle me jette comme une vieille chaussette.

Chapitre 15
Ambre

J'ai passé la pire nuit de toute ma vie.

Après que mes amies m'aient déposée à mon appartement, j'ai pris une douche, me suis mise au lit et je n'ai pas réussi à fermer l'œil. Impossible. Je me repassais en boucle la soirée. Si on m'avait dit qu'en sortant avec mes amies, j'allais tomber sur Côme, faire un duo avec lui, l'embrasser et finir par le rejeter, je ne l'aurais jamais cru.

Pourtant, c'est bel et bien ce qui s'est passé et même si je sais que j'ai pris la bonne décision, il n'empêche que cela me perturbe. Pour une fois que je tombe sur un mec qui semble complètement mettre de côté mon obésité, il a fallu qu'il arrive dans ma vie au mauvais moment. Je ne sais pas si entre Côme et moi, ça aurait pu être sérieux. Je ne lui ai laissé aucune chance mais comment pouvait-il en être autrement ?

Ma psy a été très claire :

— Vous ne devez pas commencer une relation amoureuse pendant le processus, vous devez vous concentrer sur vous, et vous uniquement.

Je lui ai alors répondu :

— Et si je rencontre l'homme de ma vie ?

— Si c'est le cas, il saura vous attendre.

Je ne sais pas si Côme est cette personne. Je ne sais même pas si je veux réellement qu'il se passe quelque chose entre nous. Il me plaît, oui. Il est gentil, aussi mais je ne le connais pas. Et puis, on ne peut pas dire qu'au départ, tous les deux, on soit partis du bon pied. Il y a toujours cette petite voix à l'intérieur de ma tête qui me dit de me méfier.

Je ne donne pas ma confiance facilement aux gens.

Plus d'une fois, j'ai été déçue.

Quand j'étais enfant, les autres gamins m'attaquaient à cause de mon surpoids.

À l'adolescence, il y avait ce type, Maxime, qui me plaisait mais il ne sortait qu'avec des filles minces. Et puis un jour, il est venu me parler et m'a proposé de sortir avec lui. Du haut de mes quatorze ans, j'étais naïve et folle de joie qu'un type comme lui s'intéresse à une fille comme moi. J'ai bien évidemment accepté et il m'a donné rendez-vous après le collège, au square derrière. Quand je suis arrivée, il n'était pas là. J'ai attendu pendant trente minutes et lorsqu'il est apparu, il était au bras de Vanessa Richard, la fille la plus sexy de l'établissement. Ils se sont avancés vers moi avec un immense sourire aux lèvres et Maxime m'a dit que j'étais complètement stupide de croire qu'il aurait pu être intéressé de sortir avec un gros tas. Vanessa a éclaté de rire. Moi, j'ai accusé le coup, pris mon sac à dos et je suis rentrée chez moi. À mon arrivée, mes parents m'ont punie de ne pas les avoir prévenus de mon retard. Je ne leur ai rien dit, me contentant de m'excuser et de dire que cela ne se reproduira plus. Puis, je suis allée m'enfermer dans ma chambre. J'ai pleuré toute la nuit.

Au lycée, je me suis retrouvée à devoir faire un devoir de physique avec trois autres filles de ma classe. On s'entendait bien, elles étaient sympas, je pensais qu'on était copines alors qu'elles s'amusaient à se moquer de moi dès que j'avais le dos tourné. Par ailleurs, vous connaissez déjà l'histoire de mon surnom de l'époque « la crêpe » eh bien, ce que j'ai omis de vous préciser c'est que c'est mon professeur de sport qui en est à l'origine.

Et je ne vous parle même pas de l'école de couture que j'ai fréquentée. La plupart des créatrices en herbe auraient pu remplacer les modèles sur le podium. À côté, je faisais tache et on ne m'a fait que des coups bas.

Lors de mon premier entretien d'embauche, la responsable qui me recevait m'a dit de revenir dans cinquante kilos de moins. Le deuxième a été plus subtil en me disant que je ne correspondais pas à la norme de son entreprise. Le troisième n'a même pas daigné regarder mes croquis en me disant qu'ils devaient être à la hauteur de leur créatrice : minables.

Durant toute ma vie, les gens se sont montrés décevants car je ne rentre pas dans les standards. Bien sûr, il y a des exceptions comme mes meilleures amies, les – quelques – petits amis que j'ai fréquentés et qui ne se moquaient pas de moi et ma boss, Judith.

Durant toute ma vie, j'ai subi des critiques, des moqueries, des coups bas et c'est ce qui a forgé mon caractère. Toutes ces choses ont fait qu'aujourd'hui, je me méfie dès qu'une personne est gentille avec moi.

La sonnerie de mon téléphone me sort de mes pensées et lorsque je vois le nom apparaître à l'écran, mon cœur tambourine dans ma poitrine. Je prends une profonde inspiration et réponds d'une voix tremblante.

— Allô ?

— Bonjour, mademoiselle Dufour, c'est la secrétaire du docteur Galant. Je vous appelle pour vous informer que votre dossier a été accepté par la commission de discipline. Il faudrait que vous passiez impérativement aujourd'hui récupérer l'entente préalable afin que vous l'adressiez à la Sécurité Sociale en recommandé car votre opération est dans dix-huit jours. Vous pouvez être là avant midi ?

Trop d'informations tuent l'information.

— Euh… oui, balbutié-je.

— Très bien, à tout à l'heure.

Puis elle raccroche.

Je retire le téléphone de mon oreille et le regarde comme s'il pouvait me repasser cette conversation afin que je prenne pleinement conscience de ce qu'elle signifie.

Mon dossier a été accepté.

Dans dix-huit jours, je passe sur billard.

Dans huit jours, j'attaque mon régime à base de fromage blanc.

Mon cœur bat de façon erratique tant et si bien que je crois que je vais faire une deuxième crise cardiaque. Je m'allonge sur le canapé, les jambes en l'air et prends de profondes inspirations. En réalité, je sais que je ne suis pas en train de faire une autre crise cardiaque, je fais une crise de panique.

Et si je ne me réveillais pas ? Si j'avais des complications ? Si l'opération ne marchait pas ? Si mon cœur ne supportait pas une autre anesthésie ?

Je crois que je ne suis pas prête.

Pendant huit jours, je mange tout ce qui me fait envie : raclette, tartiflette, sushis, resto libanais, tapas, crêpe Nutella chantilly, pancakes, tiramisu… C'est simple, je ne me suis privée de rien avant d'entamer mon régime fromage blanc et j'ai bien fait ! Bon, ce n'est pas de l'avis de mon chirurgien car j'ai pris deux kilos supplémentaires mais je m'en fiche. Quand je panique, je mange et dans quatre jours, je ne le pourrai plus. Enfin, ce n'est pas tout à fait exact mais je sais que mes goûts risquent de changer ou qu'il y a des aliments que je ne vais peut-être plus supporter alors, je crois que c'est le moyen que j'ai trouvé pour faire le deuil de mes repas préférés.

Cela peut sembler ridicule de comparer mon opération à un deuil mais j'aime tellement la nourriture que c'est un crève-cœur de me dire qu'il y a certaine choses que je ne pourrais plus manger. Mais c'est pour mon bien alors je serre les dents et j'ouvre un pot de fromage blanc à 0%. Depuis six jours, mes repas se composent uniquement de ce type de fromage et si durant les premières quarante-huit heures, c'était assez facile là, maintenant, je commence à l'avoir en horreur. Je n'en peux plus.

La sonnette de mon appartement me fait sursauter. Je repose mon yaourt, me lève et je vais ouvrir. Dès que je déverrouille la porte, un cri strident retentit :

— Tiiiiiiiiinnnnnnk !

Charline déboule dans le couloir à la poursuite de mon chat et je la regarde faire en riant puis, j'embrasse ma sœur.

— Qu'est-ce que tu fais là ?

— Charline voulait dire bonjour à sa marraine.

Je hausse un sourcil.

— Eh bien, on dirait que Tink est plus important, réponds-je, amusée.

J'invite Agathe à entrer et nous allons dans le salon.

Aussitôt installée sur le canapé, ma sœur retire ses chaussures et étire ses jambes en gémissant.

— Je comprends pas ces bonnes femmes qui te disent que la grossesse, c'est super ! Sérieusement ? Est-ce que j'ai l'air d'être au top de ma forme ? Il me faut dix minutes pour arriver à enfiler une paire de chaussettes, presque autant pour me sortir du lit, j'ai des cernes immondes et j'ai tout le temps faim. Heureusement que d'ici quelques jours, le bail de ce petit intrus arrive à expiration. Vivement qu'il sorte de là !

Je roule des yeux.

— Tu ne les comprends tellement pas, que tu as remis ça, une deuxième fois !

Agathe me lance un regard en coin.

— Ouais, ben je dois être maso. Dis, t'aurais pas quelque chose à grignoter ?

Je secoue la tête.

— J'ai tout mangé avant d'entamer mon régime et j'ai rien racheté pour ne pas être tentée. J'ai juste du fromage blanc à 0%.

— Dis-moi que t'as gardé du sucre, au moins ?

Face à son ton désespéré, je ricane.

Je crois qu'on peut dire que la gourmandise est un truc de famille.

Je vais dans la cuisine récupérer le yaourt pour ma sœur et y découvre Charline, assise par terre, en train de caresser Tink.

— Maman a faim, tu veux manger quelque chose, toi aussi ?

Ma filleule secoue la tête.

— Nan, merci. On a mangé du gâteau et des bonbons pour l'anniversaire d'Andréa. Elle a eu cinq ans. On a plus le même âge, mainant.

— On dit maintenant.

— C'est qu'est-ce que j'ai dit.

— Pas tout à fait. Tu as dit mai-nant, ça fait deux syllabes mais c'est main-te-nant. Il y a donc trois syllabes.

— Ah oui ! Je connais les syllabes, on les a vues à l'école avec maîtresse : char-li-ne. Tu vois, marraine, je les connais vraiment !

— Donc, tu vas plus te tromper ? demandé-je, amusée.

Elle passe une main dans ses cheveux – digne d'une publicité pour les parfums chics – et me lance :

— Bien sûr ! Allez, viens Tink, on va jouer !

Sur ces paroles, elle se lève d'un bond et mon chat en profite pour partir en courant tandis qu'elle s'élance à sa poursuite en riant.

Je récupère ce que j'étais venue chercher dans la cuisine et retourne auprès de ma sœur.

— Au fait, j'ai fait la rencontre d'une personne fort sympathique à l'école, aujourd'hui.

— Ah oui ? Une maman ? demandé-je en lui tendant le bol de fromage blanc et le sucre.

— Merci, dit-elle en les attrapant puis elle reprend. Et pour répondre à ta question : non, il ne s'agit pas d'une maman.

Agathe me fixe, un sourire étrange sur les lèvres.

— Tu comptes me dire qui tu as rencontré ou tu comptes me faire mariner encore longtemps ?

— Eh bieeen… j'sais pas ! Toi, tu comptais m'en parler quand ?

— Mais de quoi est-ce que tu parles ?

Elle hausse un sourcil et au regard qu'elle me lance, je comprends.

— Tu parles de Côme ?

— Eh ben ! Tu en as mis du temps à percuter !

Évidemment que je parle de Côme ! Figure-toi que lorsqu'il a vu que je récupérais Charline, il est venu me voir.

— Et qu'est-ce qu'il t'a dit ?

Au lieu de me répondre, Agathe prend une cuillère de fromage blanc et l'enfourne. Ma sœur adore faire durer le suspense alors que je déteste ça. Elle le sait et en joue.

— Pas grand-chose.

Elle reprend une cuillère et si elle n'était pas ma sœur et prête à accoucher, je pourrais la tuer.

— Agathe !

Elle laisse échapper un ricanement.

— Ça vaaaaa. Il m'a demandé si j'étais ta sœur et si je pouvais te passer ça.

Elle se trémousse sur le canapé afin de mettre la main dans la poche de son pantalon puis elle en ressort un petit bout de papier qu'elle me tend.

Je le saisis et l'ouvre.

« *J'espère que je n'ai rien fait de mal, vendredi.*

Si c'est le cas, je suis sincèrement désolé.

Si tu veux bien me laisser une seconde chance, voici mon numéro.

J'espère avoir bientôt de tes nouvelles.

Je t'embrasse.

Côme »

La première chose qui me frappe c'est qu'il a une jolie écriture pour un garçon. Ensuite, c'est qu'il n'a pas fait de fautes. Étant une fervente lectrice, je trouve rédhibitoire si une personne fait une faute par phrase, pire par mot. Puis, je relis une deuxième fois son message et un sourire étire lentement mes lèvres.

Peut-être que c'est *vraiment* un mec bien ?

— Alors ? Qu'est-ce qu'il dit ?

Je reporte mon attention sur ma sœur et hausse un sourcil, sceptique.

— Tu vas me faire croire que tu ne l'as pas lu ?

Agathe prend sa lèvre inférieure et grimace.

— OK ! Je l'ai lu ! Donc, tu vas le rappeler ?

— Je sais pas.

— Comment *ça*, tu sais pas ? Ce mec a l'air sympa et il est beau gosse, pour ne rien gâcher. Je ne serai pas mariée et enceinte jusqu'aux yeux, je ne lui dirai pas non !

— C'est pas aussi facile.

— Explique-toi.

Je pousse un soupir.

— Je suis d'accord avec toi : il est gentil et il me plaît, beaucoup mais… je me fais opérer dans quatre jours. Je vais entamer un protocole alimentaire très strict qui ne me permettra pas de fréquenter quelqu'un pour l'instant.

— Tu vas refuser de sortir avec ce gars à cause de ton opération ?

Je regarde mon bol de fromage blanc à 0% sans sucre dedans que je tiens dans les mains et prends une cuillère.

Il n'y a rien à faire, ça passe plus.

Je grimace, le repose sur la table basse et je reporte mon attention sur ma sœur.

— Je dois me concentrer sur moi. Je ne suis pas certaine d'être prête pour tout ce qui va suivre après m'être fait opérer alors, je ne peux pas entamer une relation avec qui que ce soit.

Agathe attrape ma main droite et m'offre un sourire bienveillant.

— Dans ce cas, prends soin de toi et quand tu pourras de nouveau commencer à sortir, s'il vaut le coup, il t'aura attendu. Et si ce n'est le cas, c'est pas grave. Des mecs, y en a plein sur cette Terre ! Il y en a forcément un qui t'attend quelque part.

— On croirait entendre la meilleure amie d'une héroïne d'une comédie romantique. Toi, tu regardes trop les téléfilms de la télé pendant ton congé maternité !

Ma grande sœur me tire la langue et nous éclatons de rire.

Je serre dans ma main gauche le message de Côme et mon cœur tambourine dans ma poitrine, espérant secrètement que le dépanneur sexy saura m'attendre.

Chapitre 16

Ambre

Et voilà, on y est.

En fin d'après-midi, nous arrivons, mes parents et moi, à l'hôpital et dès que j'ai rempli les formalités d'admission, je suis installée dans ma chambre et on m'apporte mon plateau repas.

Encore du fromage blanc. Génial.

J'en mange difficilement trois cuillères et le repose sur la tablette à côté du lit.

Mes parents restent avec moi jusqu'à ce que les visites se terminent et dès que je me retrouve seule, je commence à me poser mille et une questions. Même si je sais que je prends la meilleure décision pour ma santé, cette satanée petite voix à l'intérieur de ma tête n'arrête pas de penser au pire.

Incapable de fermer l'œil, je sors de ma chambre et fais les cent pas dans le couloir. Je croise une infirmière qui me dit que je devrais aller me coucher afin d'être en forme pour demain et qu'elle peut me donner un cachet pour m'aider à trouver le sommeil. Même si sa proposition est alléchante, je la refuse et elle hausse les épaules puis repart faire sa tournée.

Pendant une bonne heure, je continue d'arpenter les couloirs mais je ne suis toujours pas fatiguée. Je n'arrive pas à couper l'alimentation de mon cerveau qui turbine à mille à l'heure. Alors, il me vient une idée mais je ne dois pas me faire prendre.

Le plus discrètement possible, je marche jusqu'à l'aile ouest du bâtiment et arrive jusqu'aux ascenseurs. Je pénètre dans l'une des cabines et appuie sur le bouton du troisième étage où est situé le service de gériatrie dans lequel Gus a été transféré, il y a deux mois.

Les portes s'ouvrent et à pas de loup, je passe devant le bureau des infirmières puis accélère lorsque je l'ai dépassé en entendant les cris de celui à qui je viens rendre une petite visite nocturne.

— Margueriiiiiiiiite ! Margueriiiiiiiite ! Où es-tu ?

J'ouvre la porte et découvre le vieil homme, hagard, assis dans son lit.

— Salut, Gus !

Au son de ma voix, il tourne la tête dans ma direction et semble recouvrer ses esprits.

— Précieuse ?

— C'est moi, confirmé-je d'une voix douce.

J'avance jusqu'à lui et l'embrasse sur le front puis je m'assieds sur le fauteuil à côté du lit.

— Qu'est-ce que tu fiches, ici ?

— Je me fais opérer, demain. J'arrivais pas à dormir alors je me suis dit que j'allais rendre visite à un ami qui m'est cher.

Gus m'offre un immense sourire et attrape ma main.

— Je suis content que tu sois là.

— Moi aussi.

Durant une partie de la nuit, j'écoute Gus me raconter des anecdotes sur son histoire et comme avant, je m'endors sur le fauteuil. Vers quatre heures du matin, je suis réveillée par les cris d'un autre patient en pleine crise de démence. Cela ne réveille pas Gustave et après lui avoir déposé un léger baiser sur sa joue toute fripée, je retourne en catimini dans ma chambre.

À six heures du matin, les aide-soignants viennent me voir et m'apportent ma tenue pour l'opération. Une fois que je l'ai enfilée, je m'assieds en tailleur sur mon lit et j'attends, la boule au ventre, qu'on vienne me chercher.

Lorsqu'arrive le moment d'entrer dans le bloc opératoire, mon cœur bat à tout rompre et durant une fraction de seconde, j'envisage de crier stop et de rebrousser chemin. Je ferme les yeux et lorsque je les rouvre, le docteur Galant est devant moi, un sourire bienveillant aux lèvres.

— Bonjour, Ambre. Comment vous sentez-vous ?

— Pas terrible, avoué-je d'une voix tremblante.

— C'est normal d'être stressée avant une opération mais rassurez-vous, vous êtes entre de bonnes mains.

Il me presse affectueusement l'épaule et disparaît de mon champ de vision. L'anesthésiste le remplace et me demande si je suis prête. En réponse, je lui demande :

— Vous êtes sûr que je vais me réveiller, pas vrai ?

Il acquiesce en rit avec douceur.

— Ne vous inquiétez pas. Tout va bien se passer. Maintenant, je vais vous injecter le produit anesthésiant et vous allez compter à rebours en partant de dix. Vous êtes prête ?

Je hoche la tête.

— Maintenant.

— Dix. Neuf. Huiii…

L'opération s'est bien déroulée. Après un bref passage en salle de réveil, je retourne dans ma chambre et passe la journée à dormir.

J'ouvre les yeux en plein milieu de la nuit, complètement déboussolée. J'ai l'impression d'être dans une espèce de brouillard cotonneux, mes paupières semblent peser des tonnes et mon corps est tout endolori. Lorsque je parviens à les ouvrir, il me faut quelques minutes pour m'habituer à l'obscurité de la pièce.

Je me suis réveillée. Mon cœur a survécu à l'opération. Je suis vivante.

Je laisse échapper un rire mais la vibration me fait mal à la gorge – les conséquences de l'intubation – et je me mets à tousser. Il me faut de l'eau.

Je m'assieds dans le lit avec précaution afin de ne pas tirer sur mes cicatrices et ressens une douleur ou plutôt une gêne dans l'épaule. Le chirurgien m'a expliqué que j'allais avoir des sensations désagréables qui sont liées à la cœlioscopie : c'est une pratique qui consiste à faire des mini incisions – dans mon cas, cinq – afin de pratiquer des opérations intra-abdominales en envoyant du gaz carbonique dans le corps. D'après ce qu'il m'a dit, les douleurs que je ressens sont les dernières bulles d'air qui disparaîtront dans quelques jours. Pour le moment, je ne peux pas réellement dire que j'ai mal mais je pense que c'est en partie lié au fait que je suis sous perfusion de morphine.

J'allume la lampe au-dessus de mon lit et aussitôt, je le regrette. Les néons sont si puissants que pendant un instant, je pense qu'ils peuvent me rendre aveugle. Je pose une main sur mes yeux et les rouvre lentement. Une fois que je me suis habituée à la luminosité de la pièce, j'attrape la bouteille d'eau laissée par ma mère et me sers un verre. J'ai l'impression d'être assoiffée mais je sais qu'il faut que je ménage au maximum mon estomac. Je porte ma boisson à mes lèvres et prends une petite gorgée. Lorsque je l'avale, j'ai la désagréable sensation de sentir tout le chemin qu'elle parcourt jusqu'à tomber dans mon estomac comme une pierre qu'on lance dans la mer pour faire des ricochés. Je grimace et repose le verre, incapable de boire plus. J'ai l'impression que mon estomac est plein, comme si je ne pouvais rien avaler du tout et la sensation est plutôt étrange. Mon estomac émet un gargouillement sourd et je me demande si je dois m'inquiéter ou si c'est juste une conséquence normale. Peut-être qu'il faut que j'appelle les infirmières ? Je secoue la tête. Je ne vais pas les ennuyer pour si peu. Je n'ai pas de douleur, juste des gênes.

En attendant la prochaine rotation de garde des infirmières, je décide de m'occuper l'esprit en dessinant des croquis. Heureusement que j'ai pensé à prendre mon étui à dessins avec moi. Je l'attrape et commence à griffonner un nouveau modèle pour *Mauricette*. Depuis mon arrêt maladie, je n'ai jamais été aussi productive et ma patronne raffole de chacune de mes nouvelles créations. J'espère que c'est réellement le cas et que son enthousiasme n'est pas dû à sa relation avec Camille. Depuis que mon amie nous a appris sa liaison avec ma cheffe, je ne cesse de me poser des questions. Est-ce que Judith s'est montrée gentille et compatissante uniquement parce que je suis bonne dans ce que je fais ou simplement pour faire bien auprès de mon amie d'enfance ? J'espère que c'est pour mon travail.

J'ai toujours peur d'être le dindon de la farce. C'est terrible d'être comme ça. C'est comme si je n'avais pas confiance en moi alors que pourtant, je sais ce que je vaux. Je sais que je suis une bonne créatrice de sous-vêtements et que j'ai du talent pourtant, je me remets sans arrêt en question, j'ai toujours peur de décevoir ou que mes modèles soient ratés. C'est pourquoi, je m'investis dans chaque esquisse, je me documente, cherche la nouvelle tendance, me forme afin d'être toujours meilleure. Peut-être qu'un jour, je pourrai lancer ma propre ligne de sous-vêtements mais pour l'instant, j'aime ce que je fais.

Ma vie me convient.

Dès le premier jour, je peux me lever toute seule, prendre une douche et me laver la tête afin d'enlever toute la Bétadine sur mes cheveux. J'ai l'impression de retrouver figure humaine et ça me fait vraiment du bien. Même si j'avais été prévenue par le docteur Galant, cela me fait une drôle d'impression de ne ressentir aucune sensation de faim. *Aucune. Rien.* À aucun moment, je me dis : j'ai faim. À aucun moment, je sens mon ventre protester pour me rappeler qu'il faut manger. C'est très bizarre. Étrange. Inédit.

Heureusement que les aide-soignants m'apportent des repas sinon, je les aurais carrément zappés. En y réfléchissant, cela en serait presque revenu au même. Deux cuillères à soupe de bouillon de poule et j'ai l'impression que mon estomac va exploser.

Mon hospitalisation se déroule pour le mieux et au bout du quatrième jour, je suis autorisée à rentrer chez moi. Avant de quitter l'hôpital, je passe faire un coucou à Gustave afin de lui donner de mes nouvelles puis je me rends au service maternité afin d'aller faire la connaissance de mon neveu, Loris. Le jour de mon opération, ma sœur est entrée à l'hôpital afin de donner naissance à un magnifique petit garçon de trois kilos tout rond.

Mon retour chez moi est un peu compliqué. Les douleurs liées à la cœlioscopie sont plus présentes, mes cicatrices me démangent, ma gaine me compresse. Ajoutée à cela, la piqure quotidienne dont le produit – afin de prévenir une éventuelle phlébite – est hyper cuisant, je regretterai presque de m'être fait opérer. Pour le coup, s'il paraît que l'on est mieux chez soi, moi, j'aurais préféré rester quelques jours de plus à l'hôpital.

Aujourd'hui, je sors de mon rendez-vous post-opératoire avec mon chirurgien, un immense sourire aux lèvres. Cela fait un mois que j'ai été opérée et le docteur Galant m'a félicitée. Selon lui, je suis une excellente patiente et le résultat de mes efforts commence déjà à se voir. En trente jours, j'ai dégommé treize kilos. Je n'en reviens pas. Je savais que cela pouvait aller vite mais n'ayant jamais réussi à perdre plus de deux kilos lors de mes divers régimes, je pensais que j'en perdrais peut-être huit, pas plus. Entre mon régime au fromage blanc et l'opération, j'ai déjà perdu en tout seize kilos et pour le coup, je suis vraiment impressionnée.

Depuis un mois, j'apprends à décrypter le nouveau fonctionnement de mon corps. Moi qui étais une vraie intoxiquée du café, je ne peux plus en boire une goutte pourtant, j'en ai envie mais il n'y a rien à faire, à chaque fois que j'ai essayé d'en boire, j'ai fini la tête dans la cuvette. Il y a une semaine, j'ai recommencé à manger des repas en petits morceaux – toujours en respectant la règle des cent cinquante grammes – et j'ai déjà pu constater que je ne pouvais plus manger de crème fraîche cuisinée sinon, cela donne la même configuration qu'avec le café.

La fatigue des premiers jours est passée et physiquement, je me sens de mieux en mieux. Je continue mes marches quotidiennes et j'ai remarqué des changements notables quant à mon endurance et ma reprise de souffle. Sans m'en rendre compte, j'ai gagné près de six minutes sur la durée de mon parcours et connaissant mon goût pour le sport, c'est un véritable exploit ! En réalité, si je suis complètement honnête, je commence à apprécier l'activité physique. J'aime la sensation que me procurent les endorphines créées par l'effort. Après chaque marche, je me sens épuisée mais c'est de la bonne fatigue. Ce n'est pas parce que je suis en mauvaise santé ou que mon corps a lutté pour faire chaque pas mais parce que je me suis dépensée, sans forcer.

Chaque jour, j'ai l'impression que ça devient un peu plus facile et chaque jour est une petite victoire.

Chapitre 17
Ambre

Au bout de deux mois d'opération, la liste des aliments que je peux bannir de mon alimentation ne cesse d'augmenter : sauce tomate, crème fraîche, steaks hachés, aubergines, tomate fraîche, pâtes – *Seigneur, les pâtes !* – camembert, lardons, café, jus d'orange, fraise. À chaque tentative, j'ai rejoint ma nouvelle meilleure amie : Cuvette. Oui, la Cuvette des toilettes mérite une majuscule puisqu'elle est devenue une membre à part entière de ma famille. Un aliment ne passe pas, direction Cuvette et je rends mon repas. Une bouchée de trop, je retourne voir Cuvette. Si je ne vomis pas, je me vide. Entre Cuvette et moi, c'est une véritable histoire de je t'aime, moi non plus.

Lors de ma dernière visite de contrôle, j'en ai parlé au docteur Galant qui m'a prescrit des médicaments à prendre avant chaque repas. Il pense que c'est normal mais pour me rassurer, il me prescrit un nouveau

TOGD[1]. C'est un examen qui consiste à boire un liquide de contraste radio-opaque – complètement dégueulasse – afin de passer une radio et vérifier qu'il n'y a pas de fistule. J'ai rendez-vous dans deux jours et j'appréhende déjà.

S'il y a des aliments que je ne peux plus manger, il y a en a que je détestais avant l'opération et que maintenant j'aime. Pour l'instant, c'est le cas des choux-fleurs et des framboises.

C'est étrange que le fait d'avoir enlevé près des trois quarts de mon estomac ait changé à ce point mon alimentation. Certaines filles du groupe de parole en avaient parlé mais je ne me doutais pas à quel point cela aurait une influence aussi importante sur moi. Et le truc le plus fou qu'a entraîné mon opération est le fait que je dois mettre des alarmes sur mon smartphone pour me rappeler de manger. Même clouée au lit avec la grippe, cela ne m'était jamais arrivé. Si je ne les mets pas, j'oublie complètement de me nourrir et moi qui étais incapable de sauter un repas, c'est franchement quelque chose de déstabilisant.

À ce jour, j'en suis à une perte de vingt kilos, vingt-trois en comptant le régime pré-op. Pour la première

---

1 *transit oeso-gastro-duodénal*

fois depuis ce qui me semble une éternité, je suis passée en-dessous de la barre des cent kilos, d'une taille cinquante-deux à un quarante-huit et d'ici peu, je ne serai plus obligée d'aller dans un magasin grande taille pour m'habiller. Avant l'opération, je n'aurais jamais cru une telle chose possible.

Depuis deux mois, j'apprends à vivre avec les changements de mon corps, avec mon apparence qui se modifie. Parfois, lorsque je regarde dans le miroir, je me vois exactement comme avant avec mes cent dix-neuf kilos du jour de l'opération. Parfois, lorsque je me regarde dans le miroir, je ne reconnais pas le reflet qu'il me renvoie. C'est fou la façon qu'a le cerveau de nous envoyer des informations.

Pour moi, ce qui est le plus dur dans le parcours post opératoire, ce ne sont pas toutes les fois où je passe faire un coucou à Cuvette mais l'acceptation de ma transformation physique. J'ai l'impression d'être toujours la même personne et en même temps, une tout autre personne.

C'est d'ailleurs pour cette raison que je n'ai toujours pas pris mon courage à deux mains pour contacter Côme, même si j'en meurs d'envie. Depuis deux mois, je ne l'ai plus croisé à l'école. Je ne sais pas si c'est juste un concours de circonstances ou s'il s'est mis à m'éviter mais depuis le *Bar des délices*, je ne suis plus tombé sur lui. Si je n'avais pas le message qu'il a transmis à Agathe, je me demanderais s'il a vraiment existé ou si mon cerveau me joue encore des tours, comme avec mon reflet.

Sincèrement, j'aimerais lui envoyer un message, lui proposer d'aller boire un café, apprendre à le connaître, sortir avec lui mais je ne suis toujours pas prête à m'investir dans une relation. J'ai encore du mal à vivre avec tous les petits désagréments liés à mon opération, je ne m'imagine pas partir en courant aux toilettes d'un restaurant en plein dîner romantique ou encore avoir un renvoi digne d'un camionneur participant à un concours du plus gros rot afin de gagner un pack de bières.

Pour un rendez-vous amoureux, bonjour, la honte ! Non, merci.

Je préfère apprendre à maîtriser mon corps, à vivre avec mon opération et mes changements avant de m'investir dans une relation.

Ma psy avait raison : je dois d'abord me concentrer sur moi.

Il est un peu plus de quatorze heures lorsque je termine mon déjeuner et que mon téléphone se met à sonner. Je reconnais immédiatement le numéro de l'hôpital et décroche.

— Allô ?

— Bonjour, Précieuse, c'est Mireille, l'infirmière de Gus.

Au prénom de mon ami, mon cœur se met à se taper un sprint et j'imagine le pire : il est mort.

Je retiens ma respiration.

— Il ne va pas bien fort, aujourd'hui, et il m'a demandé de vous appeler.

Il est vivant.

Merci Seigneur !

— J'arrive tout de suite !

Je n'attends pas d'entendre sa réponse et raccroche.

Je ne prends pas la peine de jeter mes restes ni de ranger la cuisine et me précipite dans le couloir. Je vais jusqu'à l'entrée, récupère une veste en simili cuir, mon sac à main et cherche de partout mes clés de voiture avant de me rappeler que je les ai laissées dans la poche de ma veste. Je mets la main dedans et lâche un soupir de soulagement. Je me rue à l'extérieur de l'immeuble et récupère ma voiture garée deux allées plus loin en un temps record. Je crois que je n'ai jamais marché aussi vite de toute ma vie.

Même si l'infirmière m'a dit que Gus est toujours vivant, c'est aussi ce qu'avait dit le docteur quand il avait appelé ma mère, à l'époque où ma grand-mère était hospitalisée. En réalité, mamie Yvonne était déjà morte mais il n'allait pas l'annoncer à maman par téléphone. Quand j'y pense, maman était la fille de mamie Yvonne, c'était normal de ne pas lui dire ainsi. Moi, je ne suis pas un membre de la famille de Gustave alors, s'il était décédé, l'infirmière me l'aurait annoncé. À cette pensée, un poids s'ôte de ma poitrine et je tente de me convaincre que Gus n'est pas mort. Il doit être juste très fatigué et doit avoir besoin de compagnie.

Durant tout le trajet, je ne cesse de prier intérieurement pour que mon vieil ami ne soit pas en train de mourir. Je ne suis pas prête à le perdre. Même si je le connais depuis seulement six mois, Gustave fait entièrement partie de ma vie. Grâce à lui, j'ai pris conscience que je ne prenais pas assez de nouvelles de mes grands-parents et depuis, je leur rends visite une fois par mois. Cela peut sembler peu en comparaison avec Gus que je vois une fois par semaine mais ma grand-mère paternelle et mon grand-père maternel sont des personnes très occupées et en bien meilleure santé que ne l'est Gustave.

J'ai souvent entendu dire que l'amour n'a pas d'âge mais je peux ajouter que l'amitié n'en a pas non plus. Avant d'avoir ma crise cardiaque, je n'aurais jamais imaginé devenir l'amie d'un homme âgé de quatre-vingt-douze ans et pourtant, nous sommes devenus les confidents l'un de l'autre.

De tous mes proches, parents et amis confondus, c'est la seule personne à qui je me sens libre de confier tous mes états d'âme. Avec lui, je n'ai jamais l'impression d'être jugée. J'ai toujours la sensation d'être entendue, comprise. Et quand je lui avoue des choses à demi-mots, c'est comme s'il lisait à travers les lignes. Je crois qu'il pense que je viens pour lui tenir compagnie afin qu'il ne trouve pas ses journées trop longues alors qu'en réalité, si je vais le voir une fois par semaine c'est parce qu'il me fait du bien. Il ne s'en rend pas compte mais il m'aide à accepter mes changements tant physiques qu'alimentaires. Quand je n'ai pas le moral, parfois, je me surprends à me regarder dans le miroir et de demander à mon reflet « qu'est-ce que Gus dirait ? » et je me rappelle la phrase qu'il ne cesse de me répéter depuis que je suis sortie de l'hôpital après ma sleeve.

— Peu importe ton poids, que tu sois grosse ou mince, tout ce qui compte c'est que tu ne perdes jamais de vue qui tu es. C'est ça, *le plus important. N'oublie jamais d'où tu viens, Précieuse. C'est* ça, *la clé.*

À chaque fois que ses paroles résonnent dans ma tête, j'ai l'impression d'être avec lui et lorsque je coupe le contact de ma voiture sur le parking visiteur de l'hôpital, j'espère de tout mon cœur que je l'entendrais encore de vive voix me répéter cette phrase.

J'arrive au service de gériatrie et ne prends pas la peine de faire une pause au bureau des infirmières pour les saluer et d'un pas pressé, je me dirige jusqu'à la chambre de Gus.

Arrivée devant la porte, je me fige.

Et si je trouvais un lit vide ?

Mon cœur tambourine dans ma poitrine comme s'il était prêt à en sortir et d'une main tremblante, j'attrape la poignée et ouvre.

Gus est assis dans son lit et regarde la télé.

Il est vivant !

Je pousse un soupir de soulagement et laisse échapper une larme.

Merci, Seigneur !

J'avance jusqu'à mon ami qui, trop absorbé par son feuilleton de l'après-midi, ne me voit pas arriver.

— Il paraît qu'on se sent pas très bien, aujourd'hui ?

Il sursaute et laisse échapper un juron.

— Précieuse ! Ça ne va pas de rentrer sans faire de bruit comme ça ! T'as failli me faire avoir une crise cardiaque !

Je ricane et me penche au-dessus de lui pour l'embrasser sur le front.

— Donc… Mireille m'a appelée. Il paraît que ça ne va pas fort, aujourd'hui, dis-je en prenant sa main.

Il hausse les épaules.

— Il faut toujours qu'elle exagère ! Je lui ai dit de ne pas t'appeler !

Je fronce les sourcils.

— Elle m'a dit que *vous* aviez demandé à ce qu'elle m'appelle car vous ne vous sentiez pas bien.

— Ah oui ? J'ai dit ça ? minaude-t-il d'un air espiègle.

Qu'est-ce qu'il mijote ?

— Gus ? Vous ne me cacheriez pas quelque chose ? demandé-je, suspicieuse.

— Voyons, Précieuse, est-ce que c'est mon genre de faire un truc pareil ? Enfin, tu me connais : je te dis tout !

Je fais une moue sceptique. Il y a quelque chose dans le ton de sa voix qui m'interpelle et je n'arrive pas à mettre le doigt dessus.

Tout à coup, la porte de la chambre s'ouvre et une voix que je reconnaîtrais entre mille rompt le silence.

Je me fige.

— Salut, papy ! J'ai trouvé le magazine de motos que... Tu as de la visite ! Bonjour, je suis le petit-fils de Gustave, vous êtes ?

Toujours de dos, Côme ne me reconnaît pas et pendant une fraction de seconde, j'imagine le sol s'ouvrir sous mes pieds et m'engloutir avant de se refermer, m'empêchant d'avoir cette confrontation, ici, maintenant, dans cet hôpital.

Malheureusement, rien ne se passe et Gus presse mes doigts entre les siens.

— Précieuse, ma chère, je crois que tu connais déjà mon petit-fils, Côme. Si tu lui disais bonjour ?

Sortant de ma stupeur, je lance un regard noir à celui-que-je-pensais-être-mon-confident. Puis, je prends une profonde inspiration et me retourne.

Le petit-fils de Gus me fixe pendant ce qui me semble durer une éternité, comme s'il se disait que mon visage lui était familier sans pour autant pouvoir mettre un nom dessus.

— Bonjour, Côme.

Au son de ma voix, il écarquille les yeux.

— Am… Ambre ! C'est… toi, Précieuse ?

Visiblement, je ne suis pas la seule à qui mon vieil ami a fait des cachoteries et face à cette constatation, un sourire amusé étire mes lèvres.

Chapitre 18

Côme

En milieu de matinée, alors que je suis en train de dépanner un jeune couple dont le moteur vient de lâcher, mon téléphone sonne. Étant en intervention, je jette un œil à l'écran afin de vérifier qu'il ne s'agit pas de la centrale pour m'envoyer sur un autre dépannage et lorsque je vois apparaître le numéro de la chambre de mon grand-père, je me fais immédiatement du souci. Étant toujours hospitalisé et n'appelant qu'en cas d'urgence, je crains le pire. Je m'excuse auprès de mes clients et après m'être éloigné de quelques pas, je décroche.

— Papy ? Tout va bien ?

— Salut, gamin ! J'te dérange ?

— Je suis sur un remorquage mais c'est pas grave, j'ai bientôt fini. Il y a un problème ?

— Non, aucun !

Je pousse un soupir.

— Alors, pourquoi tu m'appelles ?

— J'ai besoin d'un service. Je m'ennuie et j'ai vu une pub à la télé d'un nouveau magazine de motos. Je me disais que tu pouvais peut-être me le trouver et me le rapporter. Dis, tu ferais ça pour ton vieux papy Gus ?

J'éclate de rire. Si le personnel hospitalier pense qu'il perd la tête, je crois, moi, en revanche, qu'il ne perd pas le nord !

Ne pouvant rien lui refuser, je lui dis que je pourrai être là vers quatorze heures trente. Il me remercie et après m'avoir donné le nom de la revue en question, il me raccroche au nez.

Mon grand-père et le téléphone, une véritable histoire d'amour !

D'aussi loin que remontent mes souvenirs, il n'a jamais aimé passer des coups de fil et n'a jamais su raccrocher en ayant pris la peine de dire au-revoir au préalable. Pourtant, c'est un homme tout ce qu'il y a de plus charmant dans la vie de tous les jours. Pour preuve, tous les membres du corps médical l'appellent par son diminutif et l'adorent. De plus, à quatre-vingt-douze ans, tout juste plus d'un an après le décès de son grand amour, mamie Marguerite, il a retrouvé l'amour auprès de Précieuse.

Quand j'y pense. Je vais bientôt avoir vingt-six ans, je suis toujours célibataire et mon grand-père mourant a plus de succès auprès des femmes que moi.

Je devrais peut-être me faire du souci ?

Je secoue la tête, dépité. Je me moque d'avoir du succès auprès *des femmes*. La seule qui m'importe ne m'a pas donné signe de vie depuis plus de deux mois et je ne l'ai plus croisée. Non pas que je l'évite mais depuis que ma belle-sœur est de nouveau enceinte, son gynécologue l'a mise en arrêt de travail et désormais, elle ne fait plus appel à mes services pour récupérer Andréa. Je pourrais aller au *Bar des délices* le jeudi, pour faire semblant de tomber accidentellement sur elle et ses copines mais si elle ne m'a pas recontacté cela signifie qu'elle ne veut plus me voir.

Lors d'une de mes visites à l'hôpital à mon grand-père, j'en ai parlé avec lui, il m'a dit que la patience est la plus grande des vertus et que peut-être, j'étais arrivé dans la vie de cette femme au mauvais moment, qu'il fallait laisser le temps faire son travail et que tout arrive à point à qui sait attendre.

Je ne suis pas d'accord avec lui. Le non-message était en réalité un message et je l'ai compris, cinq sur cinq.

— On peut y aller, maintenant ?

La voix de l'homme que je suis censé dépanner me sort de mes pensées et je me remets au boulot.

J'ai dû faire trois librairies afin de trouver le magazine que voulait mon grand-père et j'arrive à l'hôpital avec une demi-heure de retard sur l'heure annoncée à papy Gus. Connaissant son goût prononcé pour le respect des heures, je risque de me faire enguirlander.

Je pousse la porte de sa chambre en annonçant gaiement :

— Salut, papy ! J'ai trouvé le magazine de motos que…

Je me fige. Il n'est pas seul. Une femme blonde se tient à ses côtés et me tourne le dos.

Surpris, je reprends en avançant :

— Tu as de la visite ! Bonjour, je suis le petit-fils de Gustave, vous êtes ?

Je m'arrête derrière l'invitée de mon grand-père et attends qu'elle se retourne.

Papy Gus lui dit d'une voix mielleuse :

— Précieuse, ma chère, je crois que tu connais déjà mon petit-fils, Côme. Si tu lui disais bonjour ?

Précieuse ? Il vient bien de l'appeler, Précieuse et de dire qu'elle me connaît ?

Je ne comprends pas. Cette femme semble avoir mon âge. Comment mon grand-père et elle pourraient-ils être amoureux ?

Précieuse se retourne et m'offre un sourire crispé.

Sa tête me dit quelque chose. Ses yeux bleus, si clairs, me rappellent un ciel sans nuage. Ses cheveux blonds comme un soleil d'été, attachés en un chignon flou me rappellent les paroles de la chanson *Que je t'aime* de Johnny Halliday.

— Bonjour, Côme.

Cette voix.

J'écarquille les yeux.

— Am… Ambre ! C'est… toi, Précieuse ?

Elle me fixe puis un sourire amusé étire ses lèvres.

— Tu voulais que je la surnomme comment ? Elle porte le nom d'une pierre précieuse comme prénom alors quoi de mieux que Précieuse comme petit nom affectueux ? rétorque mon grand-père.

— Mais… Je croyais que Précieuse et toi étiez amoureux !

Ambre et papy Gus explosent de rire puis une fois leur calme recouvré, Ambre prend la parole.

— Si ça peut te rassurer, je ne suis pas une veuve noire. Gus est mon ami et jusqu'à ce que tu franchisses cette porte, j'ignorais que tu étais son petit-fils.

Je lance un regard à mon grand-père lui indiquant clairement que nous aurons des choses à régler plus tard. Comme par exemple, qu'il me dise depuis combien de temps il sait que Précieuse et la fille qui me plait sont la même personne ; car étant donné les yeux pétillants de mon aïeul, il vient de se jouer de nous.

— Il faut croire que papy Gus est quelqu'un qui aime bien garder ses petits secrets, dis-je, sarcastique.

— J'en ai bien l'impression, renchérit Ambre.

— Dites donc, vous deux, ça vous dérangerait pas d'avoir cette conversation ailleurs ? J'aimerais bien regarder la télé !

Je secoue la tête.

Quand je vous dis que ce vieil homme ne perd pas le nord !

— Tu veux prendre un café ?

Ambre lance un regard à mon grand-père et je retiens ma respiration. Si elle refuse encore, j'arrête. Je ne lui proposerai plus jamais de sortir avec moi.

Elle se penche au-dessus du lit et murmure quelque chose à l'oreille de papy. Je ne sais pas ce qu'elle lui dit mais ses yeux pétillent de malice et il ricane. Ambre l'embrasse sur la joue puis elle recule d'un pas et me fait face.

— J'aimerais bien, oui.

Mon cœur fait un salto arrière en guise de victoire et je me retiens de lever un poing en l'air victorieux en criant *Yes*. Je ne suis pas certain que cela ferait bon effet.

— Super ! On y va ?

Elle acquiesce et avant de partir, je m'approche de mon grand-père et comme Ambre quelques instants plus tôt, je dépose un baiser sur son front.

— Toi et moi, on aura des trucs à se dire, murmuré-je en me redressant.

Il m'offre un sourire coquin.

— Tu sais où me trouver, gamin.

Je hoche la tête puis, comme si je venais d'une autre époque, je tends mon bras à Ambre et elle l'accepte en gloussant.

Nous sortons de la chambre et tout juste dans le couloir, je m'arrête.

— Je dois t'avouer quelque chose.

Ambre me fixe et hausse un sourcil.

— Je ne savais *vraiment* pas que j'allais te trouver là… Du coup, je ne sais pas du tout où t'emmener boire un café, avoué-je, d'un air exagérément penaud.

Elle laisse échapper un rire léger et elle m'enjoint de reprendre notre chemin.

— T'inquiète, je connais le coin comme ma poche ! Il y a un petit snack, pas très loin d'ici, il fait le meilleur café à des kilomètres !

Nous traversons le couloir et je suis surpris de constater le nombre de personnes qui saluent Ambre sur notre passage. Apparemment, tout le monde la connaît et j'ai une étrange sensation. Tout à coup, je me rappelle la première fois où j'ai entendu parler de Précieuse et ce que nous avait dit l'infirmière : elle était sortie de l'hôpital, quelques jours plus tôt.

Est-ce qu'elle a repoussé mes avances parce qu'elle est malade ? Est-ce qu'elle va mourir ?

Les questions me brûlent les lèvres mais je m'abstiens de les prononcer. Après plus de deux mois à espérer être un jour à ce moment précis, je ne veux pas tout gâcher avant même que ce rencard imprévu n'ait réellement commencé.

Nous sortons du bâtiment et je suis Ambre jusqu'à un *food truck* puis nous nous insérons dans la file d'attente. Pendant que nous patientons, je jette des coups d'œil discrets vers Ambre. Il y a quelque chose chez elle qui a changé : elle a minci et cela lui va à ravir. Si je la trouvais déjà très belle comme elle était avant, aujourd'hui, elle est tout simplement magnifique et je n'arrive pas à croire qu'elle soit là, avec moi.

Lorsqu'arrive notre tour, l'homme dans le camion accueille mon amie avec un immense sourire.

— Salut, Ambre ! Un mini thé, comme d'habitude ?

Mini ? Qui sert des mini thés ?

— Oui, s'il te plaît, lui répond-elle avant de se tourner vers moi. Qu'est-ce que tu prends ?

— Un café sera parfait.

Elle répète mon choix au type devant nous et quelques instants plus tard, nous récupérons notre commande et nous nous installons à l'une des tables qui se trouvent devant le camion.

Pendant plusieurs secondes, nous buvons nos boissons en silence. J'ai l'impression d'être un ado boutonneux de seize ans à son premier rencard. Je ne sais pas vraiment quoi lui dire. Enfin, si, je sais exactement ce que je veux lui dire mais je ne veux pas la brusquer.

— Alors, comme ça, c'est *toi*, Précieuse, commencé-je.

Ambre rougit.

— Eh oui ! Gus… ton grand-père m'appelle comme ça depuis le premier jour où nous nous sommes rencontrés.

Je rebondis aussitôt.

— Et vous vous êtes rencontrés comment ?

J'attrape ma tasse de café, la porte à mes lèvres puis je la pose sur la table.

Ambre remue sur sa chaise et mal à l'aise, elle passe une mèche de ses cheveux derrière l'oreille.

Au temps pour la subtilité ! Il faut vraiment que j'apprenne à être plus futé !

— Tu n'es pas obligée de répondre, tu sais ? lui dis-je en lui en attrapant sans réfléchir sa main par-dessus la table.

Ambre s'immobilise et son regard s'ancre au mien.

À cet instant précis, elle semble si fragile que j'aimerais remonter le temps et n'avoir jamais posé cette question.

— Ça va aller, répond-elle en m'offrant un sourire timide et je relâche sa main. Il y a six mois, j'ai fait une crise cardiaque. J'ai été opérée en urgence et je suis restée plusieurs jours à l'hôpital, à deux chambres de celle de Gus. Deux jours après mon admission, il s'est mis à divaguer dans la nuit et n'arrivant pas à trouver le sommeil, j'ai décidé d'aller le voir. Depuis ce soir-là, nous sommes devenus amis et je lui rends visite une fois par semaine.

— Tu… as failli mourir, commenté-je d'une voix blanche.

Elle hoche la tête.

— Tout ça à cause de ma voiture qui est tombée en panne.

— Mais… Tu viens de dire que tu as connu mon grand-père, il y a six mois. Je t'ai dépanné, il y a quoi ? Quatre mois ?

— Cette fois-là, c'était parce que j'avais changé de voiture depuis peu et que je m'étais trompée de carburant. La première fois, c'était il y a six mois, quand ma vieille *Polo* a rendu l'âme.

Je fronce les sourcils. Elle a bien dit sa *Polo* ? J'ai dépanné une *Polo*, à peu près à cette période et la propriétaire du véhicule avait vingt-cinq ans et venait de faire une crise cardiaque.

Putain de merde ! C'était Ambre !

Et dire que pendant deux mois, j'espérais qu'elle me contacte alors que j'avais en ma possession un moyen de le faire.

J'éclate de rire.

— C'est pas drôle, je l'aimais bien cette voiture.

— C'est pas pour ça.

Je sors mon téléphone de la poche de ma veste et ouvre mes messages. Je retourne six mois en arrière et *Bingo !* J'ai toujours la conversation que nous avons échangée à son réveil.

Je tourne l'écran de mon smartphone vers elle et lui montre notre discussion.

— C'était *toi*, le dépanneur ! s'exclame-t-elle avant de reprendre légèrement émue. J'ai trouvé ton attention très gentille.

Je hausse les épaules.

— C'était normal.

— Pas pour tout le monde.

Sa voix est teintée de tristesse.

Je me retiens de me lever et de la prendre dans mes bras.

— En tous cas, je suis content de savoir que la cliente qui m'a permis d'arrêter de fumer est maintenant en pleine forme. Tu es rayonnante !

Ses joues s'empourprent une nouvelle fois et j'aime beaucoup produire cet effet sur elle.

— Tu es un aussi beau parleur que ton grand-père !

— N'importe quoi ! Je sais reconnaître une jolie femme quand j'en vois une.

Elle laisse échapper un léger rire.

J'adore ce son.

— Merci. Mais c'est quoi cette histoire d'arrêter de fumer ? En quoi, j'en suis responsable ?

— Eh bien, j'ai eu une de tes amies au téléphone et elle m'a dit que tu venais de faire une crise cardiaque à seulement vingt-cinq ans. On a le même âge et grâce à toi, j'ai pris conscience que je me tuais à petit feu avec cette merde et que moi aussi, je pouvais y passer.

J'ai éteint la clope que je venais d'allumer et j'ai jeté mon paquet. Ça fait six mois et j'en ai plus touché une seule.

— Félicitations ! Je suis heureuse de savoir que mon malaise a pu être bénéfique pour quelqu'un.

— J'aurais quand même préféré qu'il ne t'arrive rien.

Elle fait une moue.

— Je ne suis pas certaine d'être d'accord avec toi. Bien sûr, faire une crise cardiaque, ça craint mais grâce à elle, j'ai rencontré ton grand-père, tu as arrêté de fumer et…

— Et ? répété-je, curieux.

— Ce n'est pas quelque chose que j'ai envie de raconter pour un premier rendez-vous.

— Excuse-moi, je suis désolé. Je suis super indiscret, c'est…

— De famille ! finit-elle pour moi.

Elle m'offre un sourire et je pousse un soupir, heureux de voir qu'elle ne m'en veut pour ma maladresse.

Le silence retombe entre nous et nous terminons nos boissons avant qu'elles ne soient complètement froides.

— Je te dois des excuses, reprend-elle.

— Pour quelles raisons ?

Elle me regarde l'air de dire « tu vois très bien de quoi je veux parler » et c'est le cas, mais je veux l'entendre le dire.

— Pour ne jamais t'avoir donné signe de vie.

Je fais mine de réfléchir puis je tente ma dernière carte.

— Je suis prêt à te pardonner mais à une seule condition ?

— Laquelle ? demande-t-elle, suspicieuse.

Allez, c'est le moment. Soit ça passe. Soit ça casse.

— Dîne avec moi… samedi.

Ambre penche la tête sur le côté et lentement, un sourire se dessine sur ses lèvres.

— D'accord !

Chapitre 19

Ambre

Aujourd'hui, je vais à mon rendez-vous à l'hôpital afin de passer mon TOGD. À l'idée de boire de nouveau ce produit dégoûtant, j'ai un haut-le-cœur. Je ne sais pas comment je vais réussir à avaler ce truc sans le régurgiter la seconde suivante. La première fois que j'ai dû passer cet examen, c'était deux jours après mon opération. Il m'a fallu plus de dix minutes pour y parvenir. Durant tout le temps qu'a duré l'examen, le manipulateur radio n'a pas arrêté de me dire qu'il fallait à tout prix que je garde le liquide de contraste dans mon estomac afin qu'il puisse prendre une image et que si je n'y arrivais pas, il faudrait recommencer. Depuis le début. Alors, j'ai serré les dents afin de ne pas vomir et j'ai réussi ! Mais je n'en garde pas un bon souvenir, c'est pourquoi, je vais à cet examen en trainant des pieds.

Une heure et un petit coucou à Cuvette plus tard, je quitte le service de radiologie et vais rendre visite à mon vieil ami. Lui et moi avons des choses à régler. Je descends au service de gériatrie et après avoir salué les infirmières, j'entre dans la chambre de Gus.

Comme toujours à cette heure de la journée, il est devant son feuilleton et afin de ne pas lui faire peur, je m'annonce.

— Coucou !

Mon confident tourne la tête vers moi et m'accueille avec un immense sourire.

— Tiens, tiens, tiens. Regardez un peu qui va là ! Deux fois dans la même semaine, je suis flatté !

Je lève les yeux au ciel et m'arrête à côté de lui. Puis, je l'embrasse sur le front et m'installe à ma place.

— Vous n'avez rien à me dire ?

— Comment s'est passé ton rendez-vous, Précieuse ?

— Ce n'est pas ce à quoi je faisais allusion, Gus. Et pour votre gouverne, ça ne vous regarde pas.

— Hey ! C'est grâce à moi que vous avez pu avoir ce rencard, il est donc normal que tu me le racontes, jeune fille !

— OK, je vous dirai tout à condition que vous me disiez comment vous avez su.

— Comment j'ai su quoi ?

— Gus, pas la peine de prendre cet air innocent. Ça ne prend pas, avec moi. Je sais que vous comprenez très bien où je veux en venir.

— De mon temps, on respectait un peu plus les aînés, grogne-t-il, faussement vexé.

Je pouffe de rire et il reprend :

— En fait, c'était facile. Tu m'as dit que ta voiture avait été déposée au garage Floquet. Le garage que j'ai créé et transmis à mon fils, Jacques, avant qu'il ne le transmette à son tour à l'un de ses fils, Gabin. Quand tu m'as parlé du type à l'école, je n'ai pas tout de suite fait le rapprochement, tu sais, avec mon grand âge, il me faut un peu de temps pour percuter. Mais quand tu m'as dit que tu l'avais revu au garage et qu'il avait agi complètement différemment, j'ai tout de suite compris que tu avais eu affaire aux jumeaux. Gabin étant avec la même fille depuis une éternité, il était donc évident que tu avais tapé dans l'œil de Côme.

— Vous saviez depuis tout ce temps et vous ne m'avez rien dit ! Mais, pourquoi ?

— Oh ! Plus d'une fois, j'ai eu envie de te le dire, Précieuse mais… ça fait six mois que nous sommes amis ; je t'ai écoutée me confier tes doutes, tes craintes,

tes espoirs. Je savais que ce n'était pas encore le bon moment.

— Alors, pourquoi le faire maintenant ?

— Parce qu'il est temps que le papillon sorte de sa chrysalide et s'ouvre au monde. Tu es une belle personne, Ambre. De l'intérieur comme de l'extérieur, il faut juste que tu le comprennes et que tu autorises les autres à t'approcher. Et je te promets que si je ne pensais pas que mon petit-fils pouvait te rendre heureuse, je n'aurais jamais fait en sorte de vous faire venir tous les deux, en même temps, à l'hôpital.

— Je n'en doute pas, avoué-je. Côme est vraiment un homme charmant.

— Vous allez vous revoir ?

Je hoche la tête et Gustave m'offre un sourire rayonnant en attrapant ma main.

— N'oublie jamais, Précieuse que peu importe ton poids, que tu sois grosse ou mince, tout ce qui compte c'est que tu ne perdes jamais de vue qui tu es. C'est ça, le plus important. N'oublie jamais d'où tu viens, Ambre. C'est ça, la clé.

Il pose ma main sur mon cœur et pour le remercier, je dépose un léger baiser sur sa joue toute fripée.

— Merci, murmuré-je.

— Merci à toi, rétorque-t-il.

— Pour quoi ?

— Pour m'avoir permis d'avoir un dernier but à accomplir avant de passer l'arme à gauche.

— Eh bien, tâchez de trouver un autre hobby car je ne compte pas vous dire adieu tout de suite.

— Moi non plus, Précieuse. Moi non plus.

Deux jours plus tard, je suis devant mon armoire, les bras ballants tandis que l'intégralité de ma penderie se retrouve éparpillée un peu partout dans ma chambre. Dans moins d'une heure, je dois retrouver Côme pour notre premier rendez-vous et je n'ai rien à me mettre. Enfin, ce n'est pas tout à fait exact compte tenu de l'ampleur des dégâts dans la pièce ; j'ai plein d'habits mais aucun ne me va. Cette semaine, j'ai perdu presque deux kilos et il semblerait que deux mille grammes soient suffisants pour changer de taille de vêtements. En temps normal, je sauterais au plafond mais aujourd'hui, je râle. Tout à coup, je me rends compte de l'ampleur de ce que je viens de dire.

Je suis en train de pester car mes vêtements sont trop grands. Un comble ! Durant toute ma vie, j'ai pleuré car j'avais l'impression que j'enflais à vue d'œil et que mes fringues rapetissaient encore plus vite. Après tout ce que j'ai traversé, je n'ai pas le droit de me plaindre.

Rassérénée, j'enfile un legging, attrape une tunique et l'ajuste avec une ceinture puis je mets une paire de bottines à talons. Ensuite, je vais dans la salle de bains et décide de ne pas attacher mes cheveux et de les lisser. Enfin, j'applique une légère de touche de maquillage nude et je me regarde dans le miroir.

Durant plusieurs secondes, le reflet que me renvoie la glace est mon *moi* d'avant l'opération. Je ferme les yeux et prends une profonde inspiration. Lorsque je les rouvre, je me vois telle que je suis maintenant et pousse un soupir de soulagement. Par moment, quand mon cerveau me joue ce genre de tour, j'ai l'impression que rien n'est réel et qu'à un moment ou un autre, je vais me réveiller et je n'aurais pas changé. J'ai encore beaucoup de mal à réaliser que je suis en train de gagner mon combat contre l'obésité. Certaines personnes pensent que si l'on maigrit grâce au bénéfice d'une chirurgie bariatrique, on n'a aucun mérite. Pour elles, se faire opérer est une forme de lâcheté, une question de facilité alors qu'en réalité, c'est souvent une nécessité.

Je regarde une dernière fois ma tenue et même si ce n'est pas ce que j'aurais aimé porter pour un premier rendez-vous, ça fera l'affaire.

Je me gare devant le restaurant avec cinq minutes d'avance sur l'heure de rendez-vous et décide d'attendre un peu avant de sortir de la voiture. Même si je n'aime pas arriver en retard, depuis l'incident *Maxime*, je n'aime plus arriver en première alors, n'étant pas certaine que Côme soit déjà là, je préfère prendre mon temps.

Pile à l'heure convenue, je prends une profonde inspiration, attrape mon sac à main posé à la place du mort puis je sors du véhicule.

— Salut !

Au son de la voix de mon rendez-vous, je sursaute et pousse un cri strident.

— Bon sang, Côme ! Tu m'as fait peur ! m'exclamé-je en posant une main sur mon cœur.

Il ricane.

— Toi aussi.

— Pardon ?

— Ça fait cinq minutes que je te regarde dans ta voiture et je commençais sérieusement à me demander si tu allais en sortir ou si tu allais repartir.

— Tu étais… là, tout le temps ! m'exclamé-je d'une voix suraigüe.

— Je t'ai vue te garer au moment où j'allais sortir de ma bagnole.

Je laisse échapper un rire gêné.

— Eh bien, comme tu peux le constater, cette fois, je ne me suis pas sauvée.

— Tu m'en vois ravi. On y va ?

J'acquiesce d'un signe de tête et il me tend galamment son bras. J'y passe le mien dessous et nous nous dirigeons jusqu'à l'entrée du restaurant. Dès que nous sommes devant les portes, une hôtesse nous accueille et nous dirige jusqu'à notre table. Tout juste assis, la jeune femme nous donne les menus et nous demande si nous souhaitons un apéritif.

— Qu'est-ce que tu veux boire ? me demande Côme.

— Juste de l'eau plate.

— Tu… es sûre que tu ne veux rien d'autre ? Un jus de fruits ? Un soda ?

— Non, merci. Je… suis un régime strict.

Il hausse un sourcil puis il se tourne vers la serveuse :

— Une bouteille d'eau minérale, s'il vous plaît.

— Tu as le droit de prendre autre chose, protesté-je.

— De l'eau, c'est très bien !

Il offre un sourire à l'hôtesse et celle-ci nous dit qu'elle revient dans un petit moment, le temps que nous puissions choisir notre repas.

Si je ne ressens plus la sensation de faim et que je peux oublier de manger, il n'empêche que je suis toujours autant gourmande. À la lecture du menu, tout me fait envie mais il y a plus de la moitié des plats que je sais d'avance que je ne peux pas manger à cause des aliments que je ne supporte plus. Alors, je préfère jouer la carte de la sécurité et opte pour le filet de rouget accompagné de riz et de légumes, un repas équilibré et des produits que je suis censée digérer. Je referme la carte et remarque que Côme a également déjà fait son choix et qu'il m'observe.

La chaleur de son regard me fait rougir jusqu'à la pointe de mes cheveux et je regrette que la serveuse ne nous ait pas encore ramené de l'eau.

Comme si elle avait senti que j'avais besoin d'aide, l'hôtesse revient avec la bouteille et nous passons commande. Dès qu'elle repart, je me sers un verre et bois une petite gorgée. Si je m'écoutais, je le boirais d'une traite mais depuis l'opération, je ne peux plus faire ça. Si je le fais, non seulement je vais sentir tout le chemin qu'empruntera le liquide et c'est une sensation vraiment désagréable mais en plus, je me remplirais entièrement l'estomac et ne pourrais rien avaler du dîner que je viens de commander. Ça serait vraiment ballot !

— Alors, comme ça, tu fais un régime ?

Je grimace.

— En fait… Pas vraiment.

— Pourtant, tu as tellement perdu du poids que je ne t'ai pas immédiatement reconnue dans la chambre de mon grand-père !

Je pousse un soupir. Si quand nous avons pris un café, il y a quatre jours, je n'étais pas prête à lui parler de mon opération, maintenant que nous nous retrouvons au restaurant et qu'il va s'apercevoir que j'ai un appétit de moineau, je suis bien obligée de le faire.

— Quatre mois après ma crise cardiaque, j'ai subi une chirurgie bariatrique.

Il ouvre de grands yeux.

— Ça consiste en quoi ? Un rapport avec ton cœur ?

— Oui et non. Mon malaise est en partie lié à mon obésité. Pour te la faire courte, mon cœur a du mal à pomper suffisamment d'oxygène dans le sang. Alors, mon cardiologue m'a présenté le docteur Galant, spécialisé dans le traitement de l'obésité. Il y a deux mois, j'ai subi une *sleeve* afin de m'aider à perdre du poids. C'est une opération qui consiste à enlever environ les trois quarts de l'estomac. D'ailleurs, je te préviens tout de suite, je risque de manger trois bouchées et d'être rassasiée.

— Et… tu peux manger tout ce que tu veux ?

— Oui, à condition de manger des petites quantités.

— C'est pour ça que tu n'as pas voulu d'apéritif ?

Je hoche la tête.

— Avant, j'aurais pris un verre de vin rosé mais mon opération est encore toute fraîche, je ne m'autorise aucun écart. Si je veux qu'elle soit un succès, je dois mettre toutes les chances de mon côté.

— Elle est déjà un succès, affirme-t-il. Tu es resplendissante.

— Merci, c'est gentil.

— Non, c'est vrai. Tu étais déjà très jolie avant mais là… tu es encore plus belle.

Je rougis violemment et prends ma lèvre inférieure entre mes dents.

— Et là, tout de suite, je meurs d'envie de t'embrasser mais… je ne le ferai pas....

J'écarquille les yeux.

— Du moins, pas tout de suite.

Il murmure ses paroles d'une voix grave et un délicieux frisson me parcourt l'échine.

Durant plusieurs secondes, nous nous fixons silencieusement. Son regard parcourt mon visage et s'attarde longuement sur mes lèvres. Dans ses yeux, j'ai l'impression d'être la Huitième Merveille du Monde et avant Côme, je n'avais encore jamais ressenti cela.

La soirée se passe à merveille et je ne regrette pas d'avoir accepté l'invitation de Côme. C'est un homme très agréable, avec de la conversation, beaucoup d'humour et un franc-parler. Il me fait beaucoup penser à son grand-père.

Durant le repas, nous apprenons à nous connaître, chacun y allant de sa petite anecdote personnelle. Nous échangeons à bâtons rompus et ne voyons pas le temps passer tant et si bien qu'en fin de soirée, l'hôtesse vient à notre table pour nous dire que le restaurant va fermer.

Trop absorbés par notre conversation, nous n'avons même pas fait attention que l'établissement s'était complètement vidé !

Nous nous excusons, gênés, et au moment de payer l'addition, je propose à Côme de partager.

— J'espère que t'es pas sérieuse ? demande-t-il, outré.

— Ben quoi ? On est au vingtième et unième siècle, tu sais, les femmes s'assument financièrement, maintenant, rétorqué-je, taquine.

— Le jour où les poules auront des dents, je te laisserai payer notre dîner. Et puis, tu imagines la tête de mon grand-père s'il apprenait que j'avais laissé sa très chère « Précieuse » payer sa part ? Tu veux qu'il me fasse brûler vif sur le bûcher ?

J'éclate de rire. J'imagine très bien Gus en train de le disputer.

— OK, OK, je ne voudrais *surtout* pas être à l'origine de ton décès.

— Pourquoi je sens une pointe de sarcasme dans ta phrase ?

Je hausse les épaules.

— J'vois vraiment pas pourquoi, dis-je d'une voix mutine.

L'hôtesse ricane et je lui adresse un clin d'œil. Côme secoue la tête, faussement dépité puis il sort son portefeuille et après avoir payé l'addition, nous quittons le restaurant.

Dès que nous franchissons les portes, l'air frais de la nuit me fait frissonner. Côme s'en aperçoit et il passe un bras autour de mes épaules puis me serre contre lui.

— C'est mieux ? demande-t-il d'une voix rauque.

Blottie contre son torse, je n'ai que trop conscience de la chaleur qui émane de son corps, de ses muscles fermes pressés contre mon flanc tant et si bien que j'en deviens muette et me contente de hocher la tête.

Nous retournons jusqu'au parking en silence et à mesure que nous nous approchons de nos voitures, mon cœur bat de plus en plus vite. Je suis certaine qu'il va m'embrasser. Il me l'a dit en début de soirée. J'en crève d'envie. Pourtant, je flippe et le pire, c'est que je me mets dans cet état alors que ce ne sera même pas notre premier baiser. Sauf que la première fois, je ne m'y attendais pas. Là, j'ai eu tout le repas pour m'y préparer. *Pourquoi a-t-il fait ça ?*

Lorsque Côme s'arrête, je remarque que nous sommes arrivés et je me détache de son étreinte en reculant d'un pas.

— Merci pour cette soirée. J'ai passé un super moment.

Il me sourit, une lueur espiègle habitant son regard.

— Tout le plaisir était pour moi.

Il fait un pas en avant.

Machinalement, j'en fais un arrière.

— Ambre ?

— Oui ?

— Surtout, ne bouge pas. Tu risquerais de l'effrayer.

De quoi est-ce qu'il parle ?

Il avance lentement vers moi puis il s'accroupit et tend un bras sous la voiture.

— Hey… Viens par ici, toi !

Côme se redresse et je découvre une toute petite boule de poils dans ses bras qui émet un feulement en signe de protestation.

— Mais qu'il est mignon ! chuchoté-je pour ne pas lui faire peur.

— Si je ne l'avais pas vu, il se serait sûrement endormi sous tes roues et tu aurais pu l'écraser.

— Heureusement que tu l'as vu.

— Oui, je suis d'accord. Tu crois qu'il appartient à quelqu'un ? me demande-t-il en le caressant.

— Vu comme il est petit, à mon avis, il a été abandonné. Je crois que maintenant, c'est le tien.

— Le mien ? répète-t-il en regardant le chat. Qu'est-ce que t'en dis, mon pote, je te garde avec moi ?

Comme s'il marquait son assentiment, le chaton miaule et Côme et moi éclatons de rire.

— Je crois qu'il vote pour ! dis-je, amusée.

— Je crois aussi.

— Bon, ben… Je vais y aller.

— Attends deux petites secondes.

Il n'attend pas que je lui réponde et se retourne. Il prend le chat dans une seule main et le tient fermement contre ses cotes tandis que de sa main libre, il cherche les clés de sa voiture. Une fois qu'il les a attrapées, il déverrouille le véhicule, ouvre la portière, pose le chat sur le siège, referme la portière puis il revient vers moi.

— Je ne pouvais pas te laisser partir comme ça.

— Ah… oui ?

— Oui. Je crois que je te dois un baiser.

Mon souffle se coince dans ma gorge.

Côme se penche au-dessus de moi et murmure contre mes lèvres.

— Alors… Si tu es d'accord… Je vais t'embrasser… Mainte…

Sur une impulsion, je prends son visage en coupe et presse ma bouche sur la sienne. Côme accueille ma témérité par un grondement rauque qui se répercute dans tout mon corps puis il passe un bras autour de ma taille et m'attire contre lui. Nos lèvres se caressent, s'apprivoisent puis elles s'entrouvrent et nos langues se cherchent avant de s'emmêler dans une valse sensuelle.

À bout de souffle, Côme interrompt notre baiser et pose son front contre le mien.

— Tu me rends fou, Ambre. Si je m'écoutais, je te proposerais de me suivre jusque chez moi mais je ne le ferais pas.

Il recule d'un pas puis ancre son regard au mien.

— Je ne le ferais pas, pas parce que j'en ai pas envie, c'est tout le contraire, même. Mais je ne le ferai pas, parce que je veux d'autres dîners comme celui-ci ou juste aller boire un café, faire des sorties au ciné, passer des soirées au *Bar des délices* en compagnie de nos amis. Je ne le ferai pas parce que je veux d'abord que tu me fasses confiance. Et quand ça sera le cas, le jour où tu auras envie que l'on franchisse une nouvelle étape, tu n'auras qu'à me le dire. En attendant ce jour… Nous allons rentrer chacun chez nous, d'accord ?

On ne m'avait jamais dit une chose aussi gentille et touchée par ses paroles au plus profond de mon être, je suis incapable de prononcer un mot. De nouveau, je prends son visage entre mes mains mais cette fois, j'effleure tendrement ses lèvres puis je recule d'un pas.

— Merci, murmuré-je, émue.

Côme m'offre un sourire affectueux puis avant de partir, il me demande de lui envoyer un message pour l'avertir quand je serai arrivée chez moi.

J'acquiesce et lorsque je monte à bord de ma voiture, je regarde Côme s'éloigner, une main posée sur mes lèvres.

Chapitre 20

Ambre

Aujourd'hui, j'ai rendez-vous avec Judith à la boutique de *Mauricette* afin de lui proposer de nouveaux modèles pour la prochaine collection printemps-été. J'ai en réalisé une dizaine qui respectent les critères de la marque pour laquelle je travaille mais en plus, j'ai confectionné de nouvelles créations qui pourraient toucher un plus grand nombre de femmes.

Lorsque j'arrive au magasin, je suis accueillie par Eva qui m'annonce que notre cheffe est dans son bureau à l'étage. Je remercie mon amie et après avoir pris une grande inspiration, je monte les marches de l'escalier et m'arrête devant la porte de ma patronne. Je frappe deux coups discrets et une fois qu'elle m'a autorisée à entrer, je m'exécute.

— Bonjour, Judith !

Elle lève le nez de son écran et m'adresse un sourire amical.

— Bonjour, Ambre. Dis donc ! Ça fait quoi ? Quinze jours que je ne t'ai pas vue et tu as encore fondu !

— Tu exagères, réponds-je en m'asseyant.

— Pas du tout ! Tu es plus belle de jour en jour, j'en suis presque jalouse.

Je lève les yeux au ciel. Judith n'a pas un poil de graisse, je ne suis même pas certaine que le mot régime – à part lorsqu'elle parle avec des mannequins – fasse partie de sa vie.

— Alors, reprend-elle, fais-moi voir un peu ce que tu m'as apporté.

J'ouvre mon étui à dessins et lui présente la collection « classique ».

Judith prend le temps d'examiner chaque croquis puis elle me demande de lui montrer mes essais et pendant de longues secondes, elle les regarde sous toutes les coutures puis elle décide de n'en mettre qu'un de côté et que tous les autres modèles intègreront la collection printemps-été 2014.

— C'est parfait, Ambre. Tu as fait un travail remarquable. J'aime beaucoup la façon dont tu as joué avec les textures, c'est très malin. Eh bien, je crois qu'on a fait le tour.

— À vrai dire, j'ai d'autres modèles à te proposer mais ils ne rentrent pas dans nos collections.

Ma cheffe hausse un sourcil et croise les bras sur sa poitrine.

— Continue, je t'en prie.

— Eh bien, nous confectionnons des modèles de taille « standard » et ne faisons des grandes tailles uniquement sur commande. C'est comme si nous prônions que les sous-vêtements féminins haut de gamme n'étaient réservés qu'aux femmes minces ou de corpulence normale. Or, je ne suis pas certaine que *toutes* nos clientes soient dans ce cas. Je pense que nous passions à côté d'un marché et qu'il est temps que *Mauricette* se démarque une nouvelle fois de ses concurrents.

— Je peux te poser une question ?

— Bien sûr.

— Pourquoi proposer cette collection *maintenant* ? Pourquoi ne pas l'avoir fait avant de te faire opérer ?

— Tout simplement parce qu'à l'époque où j'étais encore en obésité morbide, je ne trouvais rien dans les magasins qui m'allaient correctement et… tu sais ? J'ai toujours crié haut et fort que je m'assumais avec mes rondeurs mais en réalité, je ne les acceptais pas tant que ça. Alors, plutôt que de faire le tour de toutes les boutiques, je confectionnais mes propres dessous et pour mes fringues, je me contentais de faire mes achats en ligne. Maintenant que je maigris, je vais beaucoup plus dans les galeries marchandes et je peux entrer dans n'importe quel magasin sans que la vendeuse me jette des regards en coin ou repartir en pleurant car aucun habit ne me va. Et ce qui est valable pour les boutiques de vêtements l'est également pour les dessous. Ça peut te sembler dingue mais c'est en maigrissant que je me suis vraiment rendu compte de la discrimination que les personnes fortes subissent tous les jours. J'avais appris à vivre avec mon obésité et à m'en accommoder mais ce n'est pas normal, Judith. C'est pour cette raison qu'il est temps que *Mauricette* élargisse ses collections, sans vouloir faire un mauvais jeu de mots.

— Qu'est-ce que tu proposes, alors ?

— La collection « *Ronde et jolie* » parce que chez Mauricette, toutes les femmes sont importantes.

Judith m'observe intensément et je retiens ma respiration jusqu'à ce qu'elle se lève d'un bond et qu'elle fasse le tour de son bureau pour se poster devant moi.

— C'est gé-nial ! Fa-bu-leux ! J'ad-ore !

— Vraiment ? demandé-je sceptique face à tant d'enthousiasme. Mais tu n'as pas encore vu mes modèles !

— Pas besoin ! Je suis certaine qu'ils seront parfaits et puis, c'est ton projet, Ambre. Je te nomme responsable de la collection « *Ronde et jolie* », tu as carte blanche !

— Tu… T'es sérieuse ?

— Absolument ! Félicitations, ma belle, tu viens de te créer une tonne de travail en plus et j'espère que tu es en pleine forme parce que je veux une collection prête à partir en fabrication pour la collection automne-hiver.

Cela me laisse les deux mois d'été pour peaufiner ma collection et même si j'avais l'espoir qu'elle accepte ma proposition, j'espérais qu'elle me laisse un peu plus de temps ; mais ce n'est pas grave. Cette collection me tient tellement à cœur que dans tous les cas, je sais que je serai prête.

Après mon rendez-vous avec Judith, je déjeune avec Eva durant sa pause afin de célébrer la création de ma nouvelle collection. Puis, lorsque mon amie retourne travailler, je décide d'aller rendre visite à ma grande sœur.

Depuis que je lui ai parlé de « *Ronde et jolie* », Agathe m'a poussée pour que je me lance dans cette aventure alors, il est me semble normal de partager cette annonce en personne. De plus, comme nous sommes mercredi, je suis certaine qu'elle est chez elle et comme cela, je pourrais profiter un peu de Loris et Charline.

Je me gare dans le parking sous-terrain de son immeuble et prends l'ascenseur. Lorsque j'arrive devant la porte de son appartement, je ne sonne pas et préfère lui envoyer un message afin de ne pas risquer de réveiller l'un des enfants pendant l'heure de la sieste. Quelques secondes plus tard, la porte s'ouvre à la volée et je me retrouve face à une princesse, haute comme trois pommes.

— C'est marraiiiiiiiine !

Visiblement, personne ne dort. Du moins, je l'espère pour ce pauvre Loris.

— Bonjour, mon chaton. Comment ça va ? dis-je en m'agenouillant pour la serrer dans mes bras.

— Ça irait mieux si Lulu ne faisait pas que pleurer, râle-t-elle.

Face au diminutif qu'elle a attribué à son frère, je ricane. Même si Loris vient d'avoir quatre mois,

Charline persiste à l'appeler Lucien ou Lulu, comme maintenant.

Je me redresse et elle se met à tourner sur elle-même.

— T'as vu, marraine, maman elle m'a dit oui pour que je me déguise en Cendrillon ! Et en plus, ma robe, elle tourne !

— Wouaaah ! C'est trop génial, mon chat ! exagéré-je pour lui faire plaisir.

Elle hoche la tête puis traverse le couloir en sautillant. Je referme la porte derrière moi et suis ma filleule.

— Coucou ! m'annoncé-je en pénétrant dans le salon.

Agathe est sur le canapé, en train d'allaiter Loris. J'avance jusqu'à elle, l'embrasse sur la joue et caresse affectueusement les cheveux de mon neveu avant de me laisser tomber sur le canapé, à côté d'eux.

— Que me vaut cette visite ?

— Ben quoi ? J'ai pas le droit d'avoir simplement envie de passer du temps avec ma grande sœur préférée et mes neveux ?

Agathe secoue la tête.

— Je suis ton *unique* sœur, je te rappelle.

— *Préférée*, insisté-je.

Nous pouffons de rire puis elle reprend :

— Donc, tu vas me faire croire que tu *préfères* venir passer du temps *ici*, où règne le *chaos*, avec une petite fille de quatre ans qui se prend pour Cendrillon alors que ce matin, elle était un *Transformers*, qui chante à tue-tête et saute partout et un bébé qui passe son temps à pleurer parce qu'il fait ses dents, à chier et à être collé au sein de ta sœur plutôt que d'être avec ton mec ?

— Y a pas à dire, la maternité te rend d'une humeur merveeeiiilleuuuse !

— Rigole, toi ! On verra si tu seras toujours au top de ta forme comme tu l'es actuellement, quand ça sera ton tour !

— Ouais, ben, c'est pas demain la veille.

Loris arrête de téter et d'une main agile, Agathe recouvre son sein puis elle embrasse son fils sur le front et me le passe.

J'embrasse ses joues toutes potelées et respire son cou. Je ne sais pas pourquoi mais j'adore l'odeur des bébés. Je trouve qu'elle a un effet enivrant.

— Alors, comment ça se passe avec ton bel Apollon ?

Je pousse un soupir rêveur.

— Parfois, je me demande s'il est bien réel.

— Toujours parfait ?

Je hoche la tête.

— Mais ? demande-t-elle, suspicieuse.

— C'est moi : le problème. Je ne sais pas comment il fait pour me supporter.

— Moi non plus.

Je fusille Agathe du regard.

— C'est pas drôle, je suis sérieuse.

— Moi aussi.

Je roule des yeux. Dans des moments comme celui-ci, j'ai beau l'aimer de tout mon cœur, elle me donne envie de l'étrangler.

— Mamaaaaan ! J'ai fini de faire cacaaaaaa !

Je laisse échapper un rire tandis que ma sœur se lève en grognant. Pendant ce temps, je contemple Loris qui s'est endormi en un temps record dans mes bras. Un jour, j'aurai moi aussi, mon bébé mais pour cela, il faudrait que j'arrive déjà à faire l'amour.

Cela fait maintenant trois mois que je sors avec Côme et je ne pouvais rêver mieux comme petit ami. Il se montre prévenant, est toujours à l'écoute, nous passons des moments merveilleux et même si je lui fais confiance, je n'arrive toujours pas à franchir le cap.

Après cinq mois d'opération, j'ai déjà perdu trente-sept kilos. Aujourd'hui, je pèse quatre-vingt-deux kilos et m'habille en taille 42. Je suis *enfin* passée en « surpoids » et même si j'ai dit adieu à l'obésité, il n'empêche que je n'arrive toujours pas à accepter les transformations de mon corps. Je m'explique : je suis ravie d'avoir autant minci. Je n'ai jamais été aussi bien dans ma peau, je me suis mise à la Zumba et moi qui détestais les activités physiques, je me suis prise à adorer ça. Je peux garder Charline toute une journée et lui courir derrière sans avoir l'impression que mes poumons sont en feu et que mon cœur va exploser.

Avant mon opération, je profitais de la vie mais mon corps ne pouvait pas suivre le rythme car je l'agressais en permanence. Aujourd'hui, je profite toujours autant mais différemment. Je continue mes soirées filles du jeudi, je mange ce qui me donne envie mais en petite quantité – étant des habituées du *Bar des délices*, le gérant, Matthieu, me fait des mini portions – et je m'octroie même un petit verre de vin. Ce n'est pas toujours du goût de mon estomac qui continue de me rappeler à l'ordre ; ce qui a pour conséquence que Cuvette et moi sommes toujours intimement liées.

Agathe et Charline reviennent dans le salon. Agathe reprend son fils et va le coucher dans le lit parapluie à côté du canapé tandis que ma filleule se poste devant moi, ses petits poings posés sur ses hanches et m'observe, la tête penchée sur le côté.

— Tu sais quoi, marraine ? J'trouve que t'as encore dégrossi !

Ma sœur et moi explosons de rire.

— C'est pas beau de se moquer ! proteste Charline en croisant ses bras sur son ventre.

— On se moque pas, ma puce. C'est juste rigolo ce que tu viens de dire, lui explique sa mère.

— Je trouve pas ça drôle que marraine a dégrossi, c'est vrai.

— Oui, c'est vrai. Tu as raison : marraine a *maigri*. On ne dit pas dégrossir.

— Ben, on dit grossir alors dégrossir, c'est logique, se défend-elle.

— Pour sa défense, je trouve que son raisonnement se tient. Elle est intelligente, cette petite : tout sa marraine !

Ma sœur roule des yeux et Charline repart jouer dans sa chambre.

Lorsque nous sommes de nouveau seules – Loris étant un bébé et qui plus est, profondément endormi, il ne compte pas – ma sœur reprend là où nous en étions avant d'être interrompues par Charline.

— Donc… Côme et toi ?

Je lâche un soupir. Elle ne lâche jamais l'affaire.

— Il est super. Avec lui, je me sens bien et je suis heureuse mais… j'ai du mal avec mon corps. Plus que j'en ai toujours eu.

— J'comprends pas, y a des nanas qui tueraient pour perdre autant de kilos que toi en si peu de temps et pourtant, tu ne t'acceptes pas. Moi, par exemple, il me reste seize kilos à perdre de ma dernière grossesse et je sais que je vais devoir me priver pendant des mois pour y parvenir tandis que toi, ça te coûte aucun effort. Je crois que tu ne te rends pas compte de la chance que tu as.

Non mais je rêve ! Elle est sérieuse ?

— Tu crois que ça ne me demande pas d'efforts ? Tu crois que c'est facile tous les jours ? Parce que, tiens-toi bien, c'est pas le cas ! Parfois, je me sers un verre d'eau et j'ai tellement soif que je le bois cul sec, oubliant que je n'ai plus le droit de le faire. T'imagines pas le mal de chien que ça fait ! Et puis, tu crois que c'est glamour d'être en plein dîner romantique et de lâcher un rot digne d'un ogre ? Ou encore que c'est super génial d'avoir l'impression d'avoir une gastro presque tous les jours de l'année ? Et c'est super fun de perdre mes cheveux par poignée depuis quelques semaines. Vraiment, c'est super chouette, tout ça. C'est facile.

Ma sœur blêmit.

— Je suis désolée, je n'aurais jamais dû dire cela. Je suis juste fatiguée et… pardon.

Je pousse un soupir et lui prends la main.

— C'est pas grave.

— Si, ça l'est. T'es ma petite sœur. Je sais à quel point tu as souffert des moqueries et que plus d'une fois, tu as essayé de maigrir par tes propres moyens. Je sais ce que tu as traversé et je suis désolée d'avoir minimisé ton opération et ses conséquences. Je t'aime Ambre. Peu importe le poids que tu fais et je suis fière de toi.

Elle laisse échapper une larme et l'essuie vivement en râlant :

— Satanées hormones. On croit que ça sera fini après avoir accouché mais quand t'allaites, ça continue.

Elle attrape un mouchoir sur la table basse puis elle se mouche et range le bout de papier dans sa poche.

— Et si tu m'expliquais ce qui ne va pas avec ton corps ?

Je prends une profonde inspiration.

— Quand je me regarde dans le miroir, neuf fois sur dix, je vois mon ancien reflet dedans. Quand je monte sur la balance, j'ai toujours cette impression qu'elle se fiche de moi et qu'elle me ment. Je ne peux pas avoir autant maigri alors que mon reflet est identique. Pourtant, je sais que j'ai maigri : je le vois à mes vêtements. Je suis sans arrêt en train d'acheter de nouvelles fringues et je peux même rentrer dans n'importe quelles boutiques et repartir avec des habits.

— Alors… pourquoi bloques-tu autant ?

— Parce que… Je ne me sens bien que lorsque je suis habillée. Ce n'est qu'à ce moment-là que je ne me sens plus obèse. Lorsque je me retrouve nue, mon ventre pendouille et mes seins tombent, comme si j'avais déjà eu des gamins alors que je ne peux même pas avoir cette excuse.

— Tu sais, je crois que tu devrais laisser à Côme un peu plus de crédit. Ce type est dingue de toi et il l'était déjà avant même que tu commences à maigrir.

Il est amoureux de *toi*, de la personne que tu es au fond de ton cœur. Je suis certaine qu'il se moquera complètement de ton ventre qui pendouille et de tes nichons qui ressemblent à des gants de toilette.

— Et si je le dégoûtais ?

— Tu crois que je dégoûte, Pierrick ?

— Bien sûr que non !

— Alors pourquoi, *toi*, tu dégoûterais Côme ?

— Tu n'as pas entendu ce que je viens de dire ?

— Si, justement. J'ai une idée !

Elle se lève d'un bond puis m'attrape par la main.

— Suis-moi !

Elle me tire du canapé, m'entraîne jusqu'à sa chambre et referme la porte derrière nous sans faire de bruit.

— Fous-toi à poil ! dit-elle en enlevant son tee-shirt.

J'écarquille les yeux.

— Qu'est-ce que tu fiches ?

— Je me fous à poil ! répond-elle en enlevant son bas de jogging. Allez, qu'est-ce que t'attends ?

Bien que je ne comprenne pas où elle veut en venir, je m'exécute et me mets en sous-vêtements.

— T'es contente ?

Elle m'offre un sourire ravi.

— Vire aussi ton soutif !

— Non mais tu te sens bien ?

— Ça vaaaaa, fais pas ta chochotte, j'ai vu tes nichons plus d'une fois. Allez !

Sur ces paroles, elle retire, elle aussi, son soutien-gorge et encore, une fois, je l'imite.

— C'est bon ou je dois aussi enlever ma culotte ? demandé-je, sarcastique.

Agathe éclate de rire.

— Naaan, ça ira. Maintenant, viens par-là.

Je lève les yeux au ciel mais obéis.

— Regarde-nous.

Elle me montre notre reflet dans le miroir à pied.

— Je suis censée voir quoi ?

— Regarde. Nous.

Je fronce les sourcils puis je fixe nos silhouettes dans la glace tandis que ma sœur dit d'une voix douce.

— Je vois deux belles femmes. Elles sont blondes, aux yeux bleus et aux lèvres charnues. L'une avec les traits tirés et les cheveux en bataille. L'autre avec un teint frais et une tresse plaquée que je rêverais savoir faire à ma fille.

Elle ricane puis elle reprend sérieusement :

— Je vois deux femmes en surpoids avec des seins qui tombent, un ventre qui pendouille et des vergetures. Ce que l'une voit comme une faiblesse. L'autre le perçoit comme une force. J'ai des nichons qui ressemblent à des gants de toilette, des kilos en trop, des vergetures et le ventre qui pendouille ? Et. Alors ? Et même si je râle, j'en suis fière car c'est parce que je suis devenue maman. Et c'est ma force. Toi, ton corps est semblable au mien mais pour d'autres raisons et c'est également ta force. Tu as failli mourir, Ambre et lorsque ton corps t'a rappelé à l'ordre, tu as pris les choses en main en faisant le nécessaire pour t'en sortir. Alors, cesse de mettre des barrières là où il n'y a pas la place. Sois fière de ton parcours et arrête d'écouter ta tête mais écoute ton cœur.

Une larme roule le long de ma joue et je ne prends pas la peine de l'essuyer. Je ne suis pas triste. Au contraire, pour la première fois depuis mon opération, je me sens apaisée. C'est comme si les paroles de ma sœur avaient retiré une chape de plomb de mes épaules.

— Merci, murmuré-je.

— Y a pas de quoi ! Ça sert à ça, les grandes sœurs !

Nous restons là encore quelques minutes et tandis que je regarde notre reflet d'un œil nouveau, un sourire étire mes lèvres.

Chapitre 21

Ambre

Le reste de l'après-midi, je joue avec Charline à tout ce qui lui passe par la tête : poupée, dînette, docteur, coiffeur, maîtresse… Cette gamine ne manque pas d'imagination. Et son truc préféré, c'est de me faire endosser le rôle de la Marraine la bonne fée de Cendrillon et chanter son célèbre « *Salagadou, la menchikabou, la Bibidi Bobidi Bou…* » tandis qu'elle tournoie dans le salon en riant.

Ces instants passés avec ma sœur et mes neveux me font un bien fou et lorsqu'arrive le moment de rentrer chez moi, je suis ragaillardie comme jamais. Je dois arrêter d'écouter mon cerveau qui s'amuse comme un petit fou à me martyriser en me donnant de mauvaises informations et commencer à faire confiance à mon cœur. Au fond de moi, je sais qu'Agathe a entièrement raison : je suis la seule personne à me mettre des barrières.

Les portes de l'ascenseur s'ouvrent sur mon palier et j'en sors en fredonnant toujours « *Mélangez tout ça et vous aurez quoi ? Bibidi Bobidi Bou* ».

— Salut !

Je me fige, regarde tout autour de moi et constate qu'il n'y a *bien* personne d'autre à part nous deux.

— Salut, réponds-je d'une voix hésitante.

— Ça faisait un moment que je t'avais pas croisée. Comment vas-tu, Cassandre ?

C'est la première fois que mon voisin-de-palier-canon m'adresse la parole sans que je sois à l'initiative de la conversation et curieuse, je l'observe attentivement.

Est-ce qu'il a bu ? Ou pris de la drogue ?

— Ça va et… toi ?

— Ça pourrait aller mieux.

— Ah bon ?

— Ouais, j'me disais que j'irais *vachement* mieux si tu acceptais de venir prendre un verre à la maison.

Dimitri pose une main contre le chambranle de la porte et m'offre un sourire craquant. Là, comme cela, il ressemble à un mec qui pose pour les pubs de magazines. Mon cœur tambourine dans ma poitrine et je déglutis péniblement.

— Alors ? Ça te dit d'entrer ?

Je hausse un sourcil et durant une fraction de seconde, je réfléchis sérieusement à sa proposition. Après tout, c'est ce que j'ai toujours espéré, qu'il me remarque et que nous devenions amis. Mais depuis que nous sommes voisins, il m'a tout juste adressé quelques mots et m'a toujours fait sentir qu'il n'avait pas envie de perdre son temps à me parler. Et voilà qu'aujourd'hui, il m'invite à prendre un verre, chez lui ! Je devrais être contente. À une époque, j'aurais sauté de joie mais aujourd'hui, cela me laisse un goût amer.

Tant que j'ai été obèse, il s'est comporté comme un sale con et maintenant que mon corps s'affine, monsieur se rend compte que j'existe ! Comme si je n'étais pas la même personne qu'avant mon opération ! Il n'en a rien à foutre de savoir ce qu'il y a l'intérieur d'une personne, tout ce qui compte pour un gars comme lui, c'est l'apparence.

Je secoue la tête, dépitée.

— Comment est-ce que je m'appelle ?

— Pardon ?

— C'est quoi mon nom ? continué-je.

— Cass-andre ?

— C'est bien ce qui me semblait, grincé-je entre mes dents.

Et dire que j'ai hésité à accepter sa proposition !

— Bonne soirée, Dimitri.

Je le contourne et me dirige jusqu'à ma porte. Mon voisin me regarde complètement hébété, les bras ballants, et lâche d'une voix mal assurée :

— Ça… veut dire non, alors ?

Je lâche un rire sans joie.

— C'est mille fois non.

Je déverrouille la poignée, entre dans mon appartement et du bout du pied, je referme la porte sans un regard en arrière.

Depuis ma transformation physique, mon voisin-de-palier-canon-mais-con-comme-un-avion n'est pas la seule personne à avoir changé d'attitude à mon égard. Comme lui, certaines mamans de l'école de Charline sont venues vers moi alors qu'elles se payaient ouvertement ma tête quelques mois plus tôt. Comme si le fait de ne plus être obèse m'ouvrait désormais les portes de leur club et avait grillé mes neurones. C'est quand même dingue ! OK, j'ai perdu du poids mais au fond de moi, je suis toujours la même.

Je n'ai pas changé.

Je suis toujours la fille qui aime finir son repas sur une touche de sucré même si elle n'arrive plus à rien avaler, mais un petit carré de chocolat, étrangement, ça passe toujours. Je suis toujours la fille qui parle trop, sort des blagues et rit trop fort. Je suis toujours la fille qui continue de sortir avec ses amies tous les jeudis et lit un livre dès qu'elle veut se reposer.

Je suis toujours la même mais c'est le regard des autres qui a changé et même si c'est dans le bon sens du terme, cela ne me fait pas plus plaisir que ça. Je ne suis peut-être plus obèse et désormais en surpoids, il n'en reste pas moins qu'au fond de moi, je me sens toujours *obèse*. J'ai toujours les mêmes réactions qu'avec trente-sept kilos de plus. Je me sens blessée. Cela peut sembler ridicule mais c'est ainsi que je le vois. Sous prétexte que je ne rentrais pas dans les codes, je ne méritais pas qu'on me traite normalement et maintenant, oui. Les gens qui n'étaient pas capables de me connaître au-delà de mon apparence physique ne méritent pas que je perde mon temps avec eux.

Heureusement, ce n'est pas le cas de Côme. Peu importe combien je pèse, dans son regard, je me sens belle et c'est pourquoi, ce soir, je compte enfin écouter mon cœur et lâcher-prise.

Je n'ai jamais passé autant de temps dans la salle de bains pour me préparer et lorsque je gare ma voiture dans la rue de Côme, je regarde mon reflet dans le rétroviseur. Comme à chaque fois, mon ancien moi me fait face mais au lieu de soupirer et sortir de ma *Clio*, je m'observe durant de longues secondes jusqu'à ce que mon cerveau se souvienne que je ne suis plus comme cela. Lorsqu'il me renvoie enfin ma véritable apparence, j'applique une légère touche de gloss sur mes lèvres et sors de la voiture.

J'entre dans l'immeuble, prends l'ascenseur et lorsque les portes s'ouvrent sur l'étage de Côme, mon cœur bat à tout rompre et mes jambes tremblent comme des feuilles. Je suis parfaitement ridicule, j'ai l'air d'une ado sur le point de perdre sa virginité.

Arrivée devant son appartement, je prends une profonde inspiration et frappe à la porte. Quelques instants plus tard, je me retrouve face à mon petit-ami, vêtu d'un jean et d'un tee-shirt *Superdry*, qui me regarde en haussant un sourcil.

— On avait prévu de sortir et j'ai oublié ? demande-t-il en parcourant ma tenue des yeux.

Et voilà ! Je savais que j'en avais trop fait !

Je voulais quelque chose de spécial et j'ai donc choisi une robe vintage rose poudrée au style *Audrey Hepburn*, ajustée au niveau du buste avec de la dentelle noire partant du milieu du dos allant juste au-dessus de la poitrine et évasée à partir des hanches.

— Non, je voulais seulement être jolie pour toi.

— Jolie ?

Il secoue la tête.

— C'est loupé : tu es magnifique, dit-il d'une voix rauque.

Je me sens rougir jusqu'à la pointe de mes orteils et lui offre un sourire timide.

Côme attrape ma main et d'un geste vif, il m'attire contre son torse. Je laisse échapper un rire qui s'éteint lorsque les lèvres de mon petit ami s'écrasent sur les miennes. Sans cesser de m'embrasser, il me fait entrer et d'un coup de talon, il referme la porte derrière nous.

Je marche à reculons, guidée par mon petit ami et manque de trébucher en m'emmêlant les pieds avec Le Chat. Je pousse un cri et Côme me retient en raffermissant sa prise autour de ma taille en riant.

— Le Chat ! Faut toujours que tu sois au milieu !

La boule de poils miaule et vient se frotter contre mes jambes en ronronnant, comme si elle venait s'excusait. Je la prends dans mes bras et la gratte derrière l'oreille.

— Je crois qu'il t'aime plus que ce qu'il m'aime, lâche Côme d'un air désabusé.

— Tu l'aurais appelé autrement que *Le Chat*, peut-être qu'il t'apprécierait plus, qui sait ?

Mon petit ami grimace et je ricane.

— Tu veux boire quelque chose ? J'ai une bouteille de rosé au frais.

— Si tu me prends par les sentiments, réponds-je en souriant.

Côme va dans la cuisine tandis que je m'assieds sur le canapé et que Le Chat se roule en boule sur mes genoux. Et dire que cette pauvre bête aurait pu finir sous mes roues ! Je n'aurais jamais pu me remettre de l'avoir tué.

Côme revient avec un plateau et le pose sur la table basse.

— Alors, comment a été ta journée ? demande-t-il tout en servant nos verres.

— Judith a validé les collections !

Il s'immobilise, la bouteille toujours penchée dans les airs.

— *Les* collections ?

— *Les* collections, répété-je.

Il pose la bouteille et me serre dans ses bras.

Le Chat ouvre un œil et bondit de mes genoux dans un miaulement outré.

— Félicitations, Ambre ! C'est une super nouvelle ! Je suis fier de toi !

Il s'écarte légèrement puis effleure mes lèvres.

— Tu le mérites.

— Merci, murmuré-je, touchée.

Il se réinstalle puis il me tend ma boisson. Je l'attrape et il lève le sien.

— À ta réussite !

Nous faisons tinter nos verres et après en avoir bu une gorgée, Côme me demande de lui raconter dans les moindres détails mon entretien avec ma patronne.

Il n'a pas besoin de me le dire deux fois et je lui parle avec enthousiasme de mon entrevue. Pendant ce temps, il ne me quitte pas des yeux, une lueur de fierté brillant dans ses prunelles et sous le poids de son regard, j'en perds un peu mes mots.

Côme laisse échapper un ricanement puis il se rapproche un peu plus de moi et remet une mèche de mes cheveux derrière mon oreille. Sa main glisse le long de ma clavicule et à son contact, je suis parcourue d'un délicieux frisson.

— Tu as froid ? Tu veux que je coupe la clim ?

Je secoue la tête.

Côme me dévisage, un sourire amusé au coin des lèvres. Il n'est pas dupe. Il sait très bien que c'est lui qui me met dans cet état.

Depuis trois mois, la moindre de ses caresses se répercute dans tout mon être mais à chaque fois que nos baisers s'intensifient et que la tension sexuelle est à son paroxysme, mes barrières s'érigent de nouveau et je me bloque : jusqu'ici, je n'ai jamais laissé mon petit ami passer ses mains sous mes vêtements. C'est quand même fou qu'aujourd'hui, après trente-sept kilos de perdus, j'accepte moins mon corps qu'à l'époque où j'étais obèse. Je m'étais fait une raison et j'avais appris à m'accepter avec mes formes. Malgré le fait que je n'aimais pas particulièrement me déshabiller devant mes petits amis, je n'ai jamais ressenti autant de gêne.

Mais ce soir, lorsque Côme me regarde comme il est en train de le faire, comme s'il mourait d'envie de me dévorer, je ne me sens pas mal à l'aise. Au contraire, pour la première fois que nous sortons ensemble, je me sens prête.

Chapitre 22

Côme

Depuis qu'Ambre est arrivée, je trouve qu'il y a un truc *différent* chez elle. Je ne saurais dire exactement pourquoi je ressens cela. Peut-être à cause de la tenue qu'elle a choisie pour passer me voir ? Attention, je n'ai rien contre sa robe. Au contraire, elle met en valeur ses courbes et dedans, Ambre est à couper le souffle. Depuis que j'ai ouvert la porte, je ne sais combien de fois, j'ai imaginé la lui enlever. Ou alors, peut-être que c'est lié à ses regards malicieux, ses sourires craquants, sa voix légèrement plus rauque que d'habitude ? Si je ne commençais pas à bien la connaître, je pourrais croire qu'elle m'envoie des signaux.

Cela fait maintenant trois mois que nous sommes ensemble et depuis notre premier baiser, j'attends qu'Ambre sorte de sa chrysalide. Depuis sa chirurgie bariatrique, ma petite amie a du mal à se faire avec les changements de son corps et même si je fais tout pour lui faire comprendre que peu importe son poids, elle me fait craquer, elle a quand même beaucoup de mal à s'accepter. Alors, je me montre patient car je sais combien ce qu'elle traverse peut être difficile.

Certaines personnes rêveraient de perdre du poids si rapidement mais elles ne se rendent pas compte que cela n'est pas facile et j'avoue qu'avant de le vivre régulièrement avec Ambre, je ne m'en doutais pas non plus.

La première fois qu'elle a lâché un rot en plein cinéma, elle est devenue tellement rouge que je me suis réellement demandé si elle pouvait exploser de honte. Une autre fois, elle est partie au beau milieu d'un dîner au resto, rejoindre « son amie, Cuvette » pour rendre son repas et lorsqu'elle est revenue à table, elle s'est réinstallée comme si de rien n'était. Parfois, elle mange un aliment qui ne passe pas et elle fait un *dumping*. Elle devient blanche comme un linge, a des sueurs froides, la tête qui tourne, l'estomac qui se tort et a envie de vomir. Elle est obligée de prendre un cachet et de s'allonger pour que cela passe.

Si depuis trois mois, j'apprends à connaître ma petite amie, j'apprends également à connaître tous les effets de son opération. Depuis le début de notre relation, Ambre a perdu quatorze kilos et même si je la trouvais déjà très belle avec ses kilos en trop, je dois bien avouer qu'elle est encore plus magnifique.

Imperceptiblement, je sens Ambre se rapprocher de moi puis elle pose une main sur ma cuisse.

— Côme ?

Elle murmure si bas mon prénom que pendant une fraction de seconde, je me demande si je ne l'ai pas rêvé. Sa main remonte le long de ma jambe et arrête son chemin sur mon estomac.

Mes abdominaux se contractent et je retiens ma respiration.

— Ambre ?

Ma voix me paraît trop enrouée et ma petite amie laisse échapper un rire léger. Ce simple son se répercute dans tout mon corps et, comme Ambre quelques instants plus tôt, je suis parcouru d'un frisson.

— Tu as froid ? m'imite-t-elle, taquine.

Je secoue la tête.

— Non, ça va.

— Tu es sûr ? Je peux… te réchauffer, si tu veux ?

À ces simples paroles, j'ai l'impression que la climatisation ne marche plus et que la température vient de monter d'au moins dix degrés.

Sa main remonte le long de mon torse et s'arrête sur mon cœur.

Je m'éclaircis la gorge et tente de rattraper le contrôle de la situation. Je prends sa main dans la mienne et m'écarte de son toucher.

— Il faut que je commande les sushis !

— J'ai pas vraiment faim, rétorque-t-elle d'une voix mutine.

OK, cette fois c'est sûr, elle m'envoie bien *des signaux !*

Je déglutis péniblement.

— Ambre… Tu n'es pas obli…

— Je suis prête.

Ces trois mots me font perdre le peu de self-control qui restait en ma possession.

Dans un grognement, digne d'un véritable homme des cavernes, je romps la faible distance qui nous sépare et mes lèvres fondent sur les siennes. Ambre accueille notre étreinte dans un gémissement qui résonne à travers mon être et je l'embrasse comme jamais je ne l'ai fait auparavant. Je l'embrasse comme si ma vie en dépendait et elle me rend mon étreinte avec une intensité égale.

Je passe un bras autour de sa taille et la fais glisser sur mes genoux. Là, comme ça, dans cette position, je n'ai que trop conscience de sa poitrine pressée contre mon torse et de son entrejambe plaqué contre mon membre qui rêve de se perdre en elle.

Sans jamais cesser de l'embrasser, je passe mes mains sous ses fesses et lorsque je me redresse, Ambre laisse échapper un cri de surprise tandis qu'instinctivement, elle enroule ses jambes autour de ma taille.

— Côme ! Repose-moi !

Je ricane contre son cou puis je parsème sa peau de légers baisers et commence à marcher.

— Tu vas te faire mal ! Je suis trop lourde, gémit-elle.

Je me fige et recule la tête afin de trouver son regard.

— Tu *n'es pas* lourde, dis-je d'une voix assurée.

Elle s'apprête à protester mais je l'en empêche en l'embrassant de nouveau. Ma langue franchit la barrière de ses lèvres et s'emmêle à la sienne dans une danse sensuelle. Par ce baiser, je veux lui faire comprendre que pour moi, elle est parfaite comme elle est. Lorsque je sens les muscles de son dos se détendre, je traverse mon appartement.

Arrivé devant ma chambre, je m'immobilise et romps notre étreinte.

Encore une fois, je plonge mon regard dans le sien et lui demande :

— Tu es sûre ?

Ambre prend mon visage en coupe et murmure contre mes lèvres.

— Fais-moi l'amour, Côme.

Sa bouche s'écrase sur la mienne et mon cœur loupe un battement avant d'entrer dans une course folle. Je crois qu'à cet instant, je n'ai jamais été autant euphorique et effrayé en même temps. Ambre est enfin prête et j'ai la pression. Je veux que tout soit parfait.

J'ouvre la porte et avant que Le Chat tente une percée, je la referme du bout du pied. J'avance jusqu'à mon lit et m'arrête devant. Doucement, je repose Ambre et lorsqu'elle est de nouveau sur ses pieds, je la fais me tourner le dos.

Je pose mes lèvres sur sa nuque et lentement, je descends la fermeture éclair de sa robe puis mes mains remontent jusqu'à ses épaules et font glisser le tissu le long de ses bras avant de venir arrêter leur course sur son ventre.

Ambre se fige.

Je me penche à son oreille et murmure :

— Retourne-toi, mon ange.

Elle me lance un regard troublé par-dessus son épaule puis elle pousse un soupir et de mauvaise grâce, elle obtempère. Elle se retourne lentement et lorsqu'elle me fait face, je crois que j'arrête de respirer.

Je déglutis péniblement.

Sa généreuse poitrine est mise en valeur par l'une de ses créations, je suis prêt à en mettre ma main à couper. On dirait que le tissu épouse ses formes, comme s'il avait été créé à même le modèle. Sous le poids de mon regard, Ambre cache inconsciemment sa poitrine.

Je secoue la tête et retire ses bras de son buste.

— Tu n'as pas à te cacher, Ambre. Tu es magnifique.

Elle rougit de plus belle et m'offre un sourire timide.

— Ma… cicatrice ne te dérange pas ? demande-t-elle, fébrile.

Je la recouvre d'une main légère.

— Celle-ci ?

Ambre retient sa respiration et j'effleure tendrement ses lèvres.

— Elle est moche, murmure-t-elle.

— Je ne suis pas d'accord avec toi.

— Tu dis ça pour me faire plaisir et pour que je ne sois pas mal à l'aise.

— Tu te trompes.

Elle fait la moue et tandis que mes doigts caressent la légère boursouflure, je continue :

— Si toi, tu ne l'aimes pas moi, je la vénère. Quand je la regarde, je me dis à quel point je suis chanceux que tu t'en sois sortie. Pour moi, cette marque est là pour nous rappeler que tu as failli mourir mais qu'aujourd'hui, tu es bel et bien vivante. Là. Ici. Devant moi.

Je pose ma main sur son cœur et je le sens battre à tout rompre.

— Si tu n'avais pas cette cicatrice, nous ne nous serions peut-être jamais connus et je ne serais peut-être pas en train de tomber amoureux de toi.

Ses yeux s'écarquillent et sous mes doigts, je sens son cœur s'affoler.

— Tu… tombes amoureux de moi ? répète-t-elle d'une voix enrouée.

— Je me suis mal exprimé.

Elle blêmit et avant qu'elle n'interprète mal mes paroles, je poursuis :

— Je ne tombe pas amoureux, Ambre, je le suis déjà. Je t'aime.

Une larme roule le long de sa joue et elle l'essuie en riant nerveusement.

— Je t'aime, aussi.

Durant de longues secondes, nous nous dévisageons, seules nos respirations saccadées perturbent le silence. Tout à coup, l'atmosphère change dans la pièce et c'est comme si nous étions aimantés l'un vers l'autre. Dans un même mouvement, nous faisons un pas en avant et l'instant d'après, je prends son visage en coupe et nos lèvres sont de nouveau scellées.

Je crois que je n'ai jamais autant aimé embrasser une fille.

Sans interrompre notre baiser, je guide Ambre jusqu'à mon lit et précautionneusement, je l'allonge sur le matelas.

Ma bouche quitte la sienne et migre sur sa gorge sur laquelle je parsème sa peau de légers baisers et lorsque j'arrive au niveau de sa cicatrice, Ambre retient sa respiration. Telle la douceur d'une plume, j'embrasse le sommet de la marque avec déférence et murmure :

— Tu.

Je laisse glisser mes lèvres jusqu'au milieu de sa cicatrice et y dépose un nouveau baiser.

— Es.

Je passe une main dans son dos et bataille quelques secondes pour trouver l'attache du soutien-gorge.

Ambre pouffe de rire et me dit :

— Les agrafes sont devant.

Je lève les yeux au ciel puis je trouve les attaches entre ses seins et lorsque je les défais, ma bouche s'assèche en découvrant ses mamelons rosés joliment érigés.

Je reprends mon exploration et m'arrête à la fin de la marque, effleurant encore sa peau.

— Magnifique.

Ambre frissonne et lorsque ma bouche capture son mamelon fièrement dressé, elle se cambre afin d'accentuer la pression.

Je pose une main sur son ventre et de nouveau, ma petite amie se crispe.

Je relâche son sein et m'installe à genoux entre ses jambes.

Ambre se redresse sur ses coudes et me lance un regard à la fois apeuré et chargé de désir. Je penche la tête légèrement de côté et lui offre un sourire attendri.

— Je t'aime, murmuré-je.

Elle me sourit et désormais, seule la passion habite ses prunelles bleues.

Enhardi, je mets mes mains sur ses hanches et lentement, je fais glisser sa robe afin qu'elle ne soit plus qu'en culotte. Enfin, ce n'est pas le terme approprié pour ce bout de dentelle assorti à son soutif mais je ne sais pas du tout comment ça s'appelle et je dois bien avouer que là, immédiatement, je n'en ai rien à foutre de connaître le nom de ce truc.

Je jette la robe au sol et durant plusieurs secondes, je prends le temps de contempler la femme étendue sur mon lit. Ambre rougit mais contrairement à tout à l'heure, elle ne se cache pas. Elle suit mon regard et lorsqu'il se pose sur son ventre, elle prend sa lèvre inférieure entre ses dents.

Du bout des doigts, j'effleure une première cicatrice puis ma bouche vient la caresser à son tour. Comme quelques instants plus tôt, je prends le temps de vénérer chacune de ses marques. Je ne veux pas qu'elle en ait honte. Je veux qu'elle arrive à les accepter, qu'elle les voie de la même façon que moi je les perçois : elles font d'elle une battante. Je veux qu'elle sorte enfin de son cocon et qu'elle accepte ses imperfections qui font que pour moi, elle est imparfaitement parfaite.

Lorsque j'embrasse la dernière cicatrice de sa sleeve, Ambre m'attrape par le tee-shirt et m'attire vers elle. Ma petite amie me retire mon haut puis nos lèvres se retrouvent tandis que nos mains deviennent aventureuses et parcourent le corps de l'autre avec frénésie. Quand ses doigts se posent sur le renflement de mon sexe et remontent jusqu'au bouton de mon jean afin de l'ouvrir, je laisse échapper un grognement et recule.

Ambre ricane puis elle se met sur un coude et m'observe en haussant un sourcil.

Je quitte le lit quelques secondes afin de me débarrasser de mon fute puis je vais jusqu'à la table de chevet. Je récupère un préservatif et lance un regard à Ambre. Ses yeux irradient de désir et elle passe sa langue sur ses lèvres. À cette vision, mon sexe se dresse douloureusement et je déglutis péniblement. Je pose la capote sur le matelas et avant de retourner auprès de ma petite amie, je retire mon boxer.

Ambre me reluque sans vergogne et si elle continue de me mater comme cela, tout risque de se terminer avant même d'avoir commencé.

Je me mets au pied du lit puis pose un genou sur le matelas et embrasse sa cheville puis, je fais remonter mes lèvres jusqu'à l'intérieur de ses cuisses et sous mes baisers, elle se tortille et je souris contre sa peau. Je pose mes mains de chaque côté de son sous-vêtement et lentement, je le fais glisser le long de ses jambes jusqu'à ce que nous nous retrouvions à égalité, tous les deux.

Je prends quelques secondes pour l'admirer et lorsque je m'apprête à lui demander si elle est vraiment sûre de vouloir continuer, elle attrape le préservatif et déchire l'emballage avec ses dents. Je n'ai jamais rien vu d'aussi sexy.

De l'index, Ambre me fait signe de venir vers elle et sans hésiter, je la rejoins. Je m'allonge au-dessus d'elle mais elle pose une main sur mon torse et me fait rouler sur le dos. Elle s'assied entre mes jambes et sans jamais quitter mon regard, elle sort la capote de son étui puis elle saisit ma verge et mon souffle se coince dans ma gorge. Lentement, elle fait glisser le latex sur mon membre et lorsqu'elle a terminé, je me redresse.

Je passe une main dans ses cheveux et presse ma bouche sur la sienne dans un baiser avide. Je la fais basculer sur le côté et mon corps recouvre de nouveau le sien.

Je mets fin à notre baiser et recule légèrement la tête afin de regarder Ambre dans les yeux. Je prends ma verge dans ma main et le guide jusqu'à l'entrée de son sexe.

— Fais-moi l'amour, Côme.

À ces mots, un sourire se dessine sur mes lèvres et avec une infinie douceur, je me fais une place au creux de son intimité. Lorsque nos corps ne forment qu'un, nous laissons échapper un râle de contentement et je me mets à bouger langoureusement. Je crois que pour la première fois de ma vie, l'expression « faire l'amour » prend définitivement tout son sens. Avant Ambre, j'ai déjà été amoureux mais je n'ai jamais ressenti une telle connexion, une telle alchimie, une telle attraction. Avec elle, chaque effleurement, chaque caresse, chaque baiser semble me toucher au plus profond de mon être, comme si elle ne faisait qu'un avec mon cœur.

Alors que je sens le plaisir me gagner, je ralentis la cadence et murmure contre ses lèvres à quel point je suis fou d'elle. Je sens les parois de son vagin se resserrer autour de mon sexe et alors qu'elle laisse échapper un long gémissement en psalmodiant mon prénom, je suis incapable de me contenir plus longtemps et niche ma tête dans son cou, secoué de spasmes tandis que j'atteins l'orgasme à mon tour.

J'embrasse encore une fois Ambre puis à bout de souffle, je me laisse retomber à ses côtés. Je retire la capote, y fais un nœud puis je la balance au sol.

Ambre vient se coller contre mon torse et entrelace ses jambes avec les miennes.

Je tourne la tête vers elle et le sourire radieux qu'elle m'offre fait faire un raté à mon cœur.

— Je t'aime, Côme Floquet, murmure-t-elle avant de déposer un baiser sur mon torse.

Je caresse tendrement ses cheveux et pour la première fois de ma vie, je me surprends à rêver de l'appeler Ambre Floquet. Peut-être qu'un jour, nous en viendrons là. Peut-être pas. Mais une chose est sûre, je ferai tout pour y parvenir car j'en suis persuadé : Ambre Dufour est la femme de ma vie.

Epilogue

Ambre

— Salut, Gus. C'est moi, Précieuse.

Un sourire triste se dessine sur mes lèvres et je continue :

— Désolée, ça fait un petit moment que je ne suis pas passée vous faire un coucou mais ces derniers mois ont défilé à la vitesse de la lumière. J'ai plein de choses à vous raconter, à commencer par la collection « *Ronde et jolie* » qui cartonne, les commandes ne cessent d'augmenter et Judith prévoit d'ouvrir une boutique, exprès pour elle. Vous vous rendez compte ? Moi, j'ai encore du mal à réaliser. J'ai l'impression que c'était hier que j'ai présenté mes nouveaux modèles à ma patronne. Et dire qu'il aura fallu que je me maigrisse pour que je me lance. D'ailleurs, à ce propos, vous allez être fier de moi : ma période de stabilisation se passe bien, j'ai enfin réussi à maintenir mon poids. Depuis quelque temps, la sensation de faim est revenue mais aujourd'hui, je sais quand mon estomac ne peut plus rien supporter. Après trois ans d'opération, j'ai perdu en tout cinquante-et-un kilos et je suis passée en-dessous de la barre des soixante-dix. Soixante-dix ! Même mon chirurgien n'escomptait pas un tel résultat. Bon, je ne vous cache pas que Cuvette et moi sommes toujours autant liées. Il n'y a pas une semaine sans que je lui rende une petite visite de courtoisie et j'avoue que je m'en passerais bien. Peut-être qu'un jour, elle et moi entrerons dans une relation normale, comme toutes les personnes normales mais comme vous le disiez si bien, la normalité, c'est surfait.

Je laisse échapper un rire étranglé et pousse un soupir.

— Côme ne va pas tarder à arriver alors il faut que je vous confie quelque chose, Gus car je sais que vous êtes le seul à pouvoir garder un secret. On va avoir un bébé ! Je ne l'ai pas encore annoncé à votre petit-fils mais vous le connaissez et, vous et moi savons qu'il va être fou de joie : il n'y a qu'à voir la façon dont il se comporte avec nos filleules Andréa et Charline et nos neveux Loris et Enzo pour en être convaincus. Côme a la fibre paternelle dans le sang. Il vous ressemble beaucoup, vous savez ? Il est vraiment génial et après trois ans de relation, nous sommes toujours autant amoureux. Oh, Gus, je ne vous remercierai jamais assez d'avoir joué les entremetteurs, vous êtes un peu *ma Marraine la bonne fée.* J'espère que nous aurons la chance de vivre une aussi belle et longue histoire que la vôtre, à Marguerite et vous.

Je prends une profonde inspiration puis je pose une main tremblante sur la plaque de marbre poli où est inscrit le nom de mon confident « Gustave, Émile Floquet,1920 – 2015 ». L'année dernière, à l'âge de quatre-vingt-quinze printemps, mon ami s'est éteint dans son sommeil. Même si c'est la plus belle mort que je pouvais lui souhaiter puisqu'il n'a pas souffert, il n'empêche que son absence est toujours douloureuse. Il ne se passe pas un jour sans que j'aie une pensée pour lui.

— Vous me manquez, Gus.

Le craquement d'une brindille me fait comprendre que nous ne sommes plus seuls et je me retourne.

D'un pas mal assuré, Côme avance vers moi puis il s'arrête à mes côtés. Il m'offre un sourire triste puis il reporte son attention sur la tombe.

— Ça a beau être dans l'ordre des choses… c'est toujours aussi dur, murmure-t-il.

J'attrape sa main et noue mes doigts aux siens.

— Je sais mais il est toujours avec nous.

Il hoche la tête.

— Il t'aimait beaucoup.

— Et je l'aimais tout autant, réponds-je, émue.

Il se tourne vers moi et plonge son regard dans le mien. Ses yeux d'habitude si clairs ont tourné à la couleur de l'orage et brillent d'un éclat que je n'avais jusque-là encore jamais vu. Là, à cet instant précis, même si le lieu ne s'y prête pas, je meurs d'envie de lui annoncer la nouvelle et sans réfléchir, je me lance :

— Je suis enceinte.

— Épouse-moi.

Nous avons parlé en même temps et nous dévisageons, maintenant, les yeux écarquillés.

— *Quoi ?* répétons-nous à l'unisson.

Nous éclatons de rire puis Côme fait un pas vers moi et prends mon visage en coupe.

— On va avoir un bébé ?

Un immense sourire étire mes lèvres et j'acquiesce.

— Je vais être papa, murmure-t-il.

Ses lèvres effleurent tendrement les miennes puis il recule d'un pas et pose une main sur mon ventre.

— Tu vas être papa, confirmé-je.

Il regarde mon ventre comme s'il allait gonfler à vue d'œil et je pouffe de rire.

— Tu sais que ça ne se verra pas avant plusieurs mois, pas vrai ?

— Dommage, j'ai hâte de te voir porter mon bébé.

Je secoue la tête, amusée.

En ce qui me concerne, bien que je sois aux anges, j'appréhende légèrement cette grossesse car je ne sais pas trop comment cela va se passer avec ma sleeve. J'ai appelé le docteur Galant, mon chirurgien, et pour lui, il n'y a aucun problème. Mon opération est une réussite et comme je continue une alimentation équilibrée et que je fais quatre heures de Zumba par semaine, il pense que je ne devrais presque pas prendre de poids voire même pas en prendre du tout. Je lui ai alors demandé s'il y avait un risque pour mon bébé et là encore, il m'a rassuré en me disant que c'est justement *lui* qui bénéficiera de tous les aliments que j'ingère.

— Ambre ?

Comme quelques instants plus tôt, Côme me fixe avec cet éclat dans le regard.

Ma respiration se coince dans ma poitrine et mon cœur bat à tout rompre.

— Épouse-moi.

Une larme roule le long de ma joue et je hoche la tête.

— Ça… veut dire oui ?

— C'est mille fois : oui !

À ce moment précis, peu importe le lieu où nous nous trouvons, plus rien n'a d'importance.

Je me jette à son cou et presse mes lèvres sur les siennes. Côme me soulève du sol et tandis que nous nous embrassons passionnément, il me fait tournoyer dans les airs.

J'ai failli mourir.

J'ai eu une seconde chance.

Une renaissance.

J'ai un boulot que j'adore, une famille et des amis formidables.

J'ai trouvé le grand amour, celui avec un grand A, celui qui ne vous juge pas, qui vous regarde comme si vous étiez la prunelle de ses yeux, celui qui vous prend aux tripes et que vous savez que jamais, vous ne pourrez vivre sans lui.

Je n'ai jamais été aussi heureuse et bien dans ma tête et mon corps. Et aujourd'hui, je porte la vie.

Là, à cet instant précis, je ne me suis jamais autant sentie vivante.

FIN

Remerciements

Tout d'abord, je tiens à vous expliquer pourquoi j'ai choisi de parler d'un sujet tel que la sleeve. Pour celles et ceux qui ne le savent pas, je suis une ancienne obèse et il y a cinq ans, j'ai été opérée afin de m'aider à maigrir. Si d'autres personnes dans la même situation que moi n'osent pas en parler, moi, au contraire, je ne m'en suis jamais cachée. Oui, j'étais obèse et j'avais besoin d'aide. En début d'année, il est passé sur les réseaux sociaux le #10yearschallenge et j'y ai participé, non sans mal. En effet, il y a dix ans en arrière, je ne me supportais pas et évitais les photos tellement, que je n'ai jamais réussi à en trouver une où j'étais toute seule. Il m'est alors venu l'envie de raconter une histoire sur une personne obèse mais attention, en aucun cas il s'agit d'une autobiographie. J'ai la chance de faire un métier qui me permet de transmettre un message, de transmettre mon témoignage à travers mes personnages. Ce que vit Ambre n'est pas une généralité. Ce n'est pas parce qu'on est obèse qu'on va *forcément* faire une crise cardiaque ou parce qu'on est de corpulence normale qu'on ne va pas en faire. Des personnes ont un cancer du poumon alors qu'elles n'ont jamais fumé une cigarette de leur vie, c'est comme ça. La vie est une loterie, parfois, on tire les bons numéros, parfois, les mauvais. Je n'ai pas écrit cette histoire pour prôner la chirurgie bariatrique mais pour parler de l'acceptation de soi. Ce n'est pas parce qu'on maigri qu'on est *forcément mieux* dans sa peau. Ce n'est pas parce qu'on est obèse qu'on est *forcément mal* dans sa peau. Chaque personne est différente et c'est ce qui fait que nous sommes tous exceptionnels. Peu importe votre couleur de peau, que vous soyez gros ou mince, petit ou grand, blond ou brun, ce qui compte n'est pas votre apparence physique mais ce que vous avez à l'intérieur de vous-même. Croyez en vous, tombez, relevez-vous. Et n'oubliez jamais qui vous êtes. Il m'aura fallu du temps pour me souvenir de ça et je pense que c'est pour cette raison que j'ai eu besoin de raconter cette histoire.

Maintenant, place aux remerciements.

D'abord, je tiens à remercier mon mari. J'ai la chance qu'il me regarde comme Côme regarde Ambre. Peu importe mon poids, il m'a toujours soutenue. Merci de partager ma vie depuis bientôt dix-huit ans. Je t'aime.

Ensuite, je remercie Véro et Gaëlle qui ont été des bêtas de choc. Merci pour vos retours qui m'ont fait du bien et d'être toujours là quand j'ai besoin de vous.

Merci à mes parents qui sont toujours là pour moi et sans eux, je ne sais pas comment je pourrais tout gérer.

À chaton, Jennifer, merci de m'écouter me plaindre lorsque je doute et de me rebooster.

À Madame D aka Binômette aka Maddie, merci d'être toi, de partager la moitié d'un cerveau avec moi, un humour autant à deux balles que le mien. Nos soirées téléphone du vendredi sont des rendez-vous incontournables, même quand on a rien à corriger.

À vous mes lecteurs(trices), de continuer de me suivre dans chacune de mes aventures. Votre soutien compte beaucoup pour moi et je ne le répèterai jamais assez : sans vous, rien de tout cela ne serait possible.

Et enfin, merci aux bloggueuses Béli, Gaëlle, Karine, Anna et Marylin de répondre toujours présentes malgré des délais courts.

À bientôt pour de nouvelles aventures,

Des bisous !

Clémence.

Clémence Lucas

Du même auteur

Un Ami pour Noël

Ah, Noël… Ses traditionnels chants. Ses décorations. Ses cadeaux.

Pour Olivia, c'est surtout la période qu'elle préfère.

Sauf, cette année.

C'est à croire que les Dieux et son Karma ont décidé de lui tourner le dos en même temps.

En quarante-huit heures, sa vie part en vrille.

À cause d'une erreur de clic, son salaire se retrouve rejeté par sa banque «pour cause de mort» et son propriétaire la met à la porte. Le même jour, sa meilleure amie lui annonce qu'elle va se marier. Elle se rend compte que non seulement son cercle d'amies était au courant avant elle mais lui ment depuis des années.

Avec tout ça, elle décide que cette année, Noël se fera sans elle.

Mais c'était sans compter sur son connard de boss – qui va se montrer sous une facette qu'elle n'aurait jamais pu imaginer. Contre toute attente, il fera tout pour qu'Olivia retrouve son amour pour la magie de Noël.

LÄTT

**** Édition 2018, nouvelle version ****

Il est une légende qui parle d'une porte millénaire au cœur d'un lac, ouvrant sur deux mondes parallèles.

L'un, gouverné par le roi Djävulen, le plus redoutable Mörker *que le* Mörk Värld *ait jamais connu.*

L'autre, régenté et guidé par la reine Klarhet, une femme douce et lumineuse tout comme son peuple, les Älvor, *les habitants du* Förtrollad Värld.

Ces deux royaumes, en guerre depuis des décennies, dissimulent leur existence aux humains. Les Älvor *sont des êtres pacifiques dont le rôle consiste à protéger la nature contrairement aux* Mörkers *qui n'ont de cesse de tout détruire sur leur passage et de vouloir s'approprier le* Förtrollad Värld. *Malgré le fait qu'ils semblent diamétralement opposés, ces deux peuples sont intimement liés. L'un ne peut exister sans l'autre sans quoi le fragile équilibre qui régit tous les mondes se verrait menacé.*

Tapie dans l'ombre, la folie dévastatrice d'une famille est sur le point de tout remettre en cause...

Alors que les forces élémentales se détraquent un peu plus chaque jour, les Älvor *fondent tous leurs espoirs sur la légende contée depuis la nuit des temps par les anciens :*

« Lorsque la lumière universelle et celle du Vald *s'uniront, la paix et l'amour régneront enfin sur le* Förtrollad Värld *pour l'éternité. »*

Ils attendent impatiemment la venue du Vald *pour les sauver…*

Nos jeux d'enfants

Un. Deux. Trois. La lune et le soleil !

Vous croyez au coup de foudre ? À l'amour au premier regard ? Moi, oui. C'est exactement ce qui s'est passé quand j'ai vu Maxence, la première fois. OK, je n'avais que trois ans et vous me direz qu'à cet âge, ce n'est pas de l'amour mais aujourd'hui, dix-sept ans plus tard, je suis toujours folle de lui. Alors, si ce n'est pas de l'amour, je ne m'y connais pas !

Depuis l'école maternelle, Max, Esteban, Mattéo, Louane sommes Les doigts de la main. Nous ne nous quittons jamais et nous épaulons dans les bons comme les mauvais moments.

Vous vous dîtes certainement qu'à nos âges, il ne doit pas y avoir beaucoup de mauvais moments mais… détrompez-vous.

J'aimerais tant que tout ceci ne soit pas en train d'arriver mais... la vie n'est pas un long fleuve tranquille.

J'aimerais tant revenir en arrière, à l'époque où nous étions seulement insouciants et revivre nos jeux d'enfants.

Clémence Lucas

RILEY²

Je m'appelle Riley. Oui, je sais, c'est un prénom de garçon mais c'est le mien et aussi celui de mon père. Enfin, mon géniteur. Il s'est barré le jour de ma naissance et n'a jamais donné la moindre explication. Il s'est évaporé dans la nature, comme ça, en un claquement de doigts.

Ma mère, Julia n'avait que dix-sept ans lorsqu'elle m'a eue et depuis, c'est elle et moi contre le reste du monde.

Je m'appelle Cameron et je suis orphelin. Il y a cinq ans, mes parents ont péri dans un accident de voiture. Depuis, mon Oncle Bobby et la communauté des Hellys Angels m'ont pris sous leurs ailes.

La vie n'est pas toujours un long fleuve tranquille loin de là-même et c'est pourquoi nous avons déménagé à Fort Hood.

Ce qui était censé être un nouveau départ pour une nouvelle vie ne l'est finalement pas quand le passé en décide autrement…

ASSASSIN

Santa Barbara, Californie.

Le corps de Peter Jenkins est retrouvé, mutilé dans une ruelle. Cela faisait trois mois qu'Azraël n'avait plus sévi, depuis le Dakota où il avait laissé trois cadavres derrière lui.

Depuis quatre ans, l'Agent Spécial Aymie Dixon traque L'Ange de la mort sans jamais réussir à l'attraper. Pourtant, elle sent au fond d'elle-même qu'elle se rapproche.

Lorsqu'au détour de son enquête, elle quitte Sacramento pour Santa Barbara, elle croise le Dr Isaac Wolfe qu'elle avait déjà rencontré lors de sa première mission.

Entre le séduisant docteur et l'Agent Spécial, l'attirance est réciproque et une idylle commence à voir le jour.

Mais Azraël et ses meurtres planent au-dessus de leur relation et la ramène à la réalité.

Clémence Lucas

Célibataire, maman et débordée

À trente ans, Mélissa, vit seule avec ses jumeaux depuis que son mari l›a quittée avec pour seul avertissement un post-It laissé sur la porte du frigo. Depuis, sa vie ne tourne plus qu›autour de ses enfants, son boulot qu'elle n'aime pas et de ses amis Pierre et Emy. Jusqu'au jour où elle rencontre Matt et où sa vie change du tout au tout.

Quand l'amour frappera à nouveau à sa porte, saura-t-elle rouvrir les yeux… et son cœur ?

Live and Hope

Love, Hate, etc…

Une rencontre impromptue, un échange pour le moins atypique suivi d'un malentendu, voici comment Maya et Elijah vont se rencontrer. Entre eux, dès le départ, l'ambiance est électrique mais passer de meilleurs ennemis à meilleurs amis, il n'y a qu'un pas. Et s'il devenait plus encore ?

Love Twice

Âgée de vingt-cinq ans, Summer a tout pour être heureuse : un job qu'elle adore, une famille soudée, des amis sur lesquels elle peut toujours compter et un petit ami, Prescott, coéquipier de Chad – son meilleur ami – qu'elle aime profondément. C'est simple, tout lui réussit !

Jusqu'à cette funeste nuit où sa vie va basculer.

Love for Two

Qu'elle ait les cheveux rouges ou violet, Chelsey est toujours d'humeur égale. Là où certains voient le verre à moitié vide, elle le voit toujours à moitié plein.

Elle jongle entre le Summertime – petite boutique d'antiquités qu'elle tient avec Summer, sa meilleure amie – et son boulot de barmaid au Blue Lions – tenu par son père.

Concernant sa vie amoureuse... disons que ça pourrait être pire. Elle est folle amoureuse de Jaxon Newton depuis toujours, mais celui-ci ne voit en elle qu'une simple amitié améliorée.

Si être pompier est pour certains un simple boulot, pour Jaxon Newton, c'est une vocation. À ses moments perdus, il profite de la vie, a des histoires sans lendemain jusqu'à ce que Chelsey Cooper le fasse craquer.

Pour la première fois de sa vie, Jaxon a envie de se poser et de vivre une véritable histoire avec Chelsey, mais un coup de fil et une petite pomme vont venir perturber les rêves qu'ils avaient projetés...

Désirs Ardents

La série qui réchauffera vos nuits

Propose-moi - Tome 1

En quittant sa Provence natale pour s'installer à Paris avec sa meilleure amie, Lisa avait pour unique but de réussir ses études afin d'ouvrir sa propre entreprise d'événementiel. Sept ans plus tard, ses rêves professionnels n'ont toujours pas abouti. L'amour ? Elle ne veut plus y penser depuis que Julien lui a brisé le cœur, deux ans auparavant. C'était sans compter sur le destin qui met en travers de sa route Joshua, dont le magnétisme la fascine. Il va lui faire découvrir un monde de volupté dont elle ignorait l'existence. Le passé de Lisa refait alors surface, la confrontant avec ses souvenirs.

L'histoire de Lisa et Joshua pourra-t-elle surmonter ses épreuves ? Leur amour résistera-t-il ?

Choisis-moi - Tome 2

Lucie, une jeune femme de vingt-sept ans, travaille dans un bar branché et compose des chansons pour des artistes. Elle rêve de devenir chanteuse mais son trac l'empêche de le réaliser. Elle fera la rencontre de Salvatore qui lui demandera de composer un album. Cette proposition va changer le cours de sa vie et son amour perdu, Romain, va réapparaître. Entre le beau brun ténébreux et son premier amour, son cœur balance.

La passion ou la raison ? Lequel des deux saura gagner son cœur ?

Une semaine aux Bahamas - Nouvelle 1.1

Deux ans après leur mariage et la naissance des jumeaux, Joshua décide d'emmener Lisa pour une escapade en amoureux aux Bahamas. Ce sera l'occasion pour eux de revivre la Lune de miel qu'il avait initialement programmée avant qu'on leur annonce que Lisa était enceinte, mais également l'occasion de se ressourcer et de nourrir leur couple et ce qui fait son essence, le « jeu »…

Joshua, en parfait maniaque du contrôle, a tout organisé depuis Paris pour mener sa douce soumise de surprise en surprise et aux frontières du plaisir et de la transgression…

Apprivoise-moi - *Tome 3*

Anna est une femme au caractère bien trempé, qui ne mâche pas ses mots. Jeune avocate, elle écrit des romans érotiques pour son plaisir dans le plus grand secret. Elle tombe sous le charme de Nico, trentenaire célibataire habitué du milieu BDSM et réfractaire à l'amour. Le hic ? Elle ne supporte pas ce type de relation et préfère le quitter. Entre désillusion et espoir, Anna se jette à corps perdu dans son travail et le footing pour tenter de l'oublier. Mais Nico ne l'entend pas de cette oreille et fera pour tout pour reconquérir sa belle. Y parviendra-t-il ?

Clémence Lucas

Aux Éditions Reines-Beaux

Un nouveau départ

Cassandra Lacour est une jeune femme de vingt-deux ans. Elle entre dans la vie active en faisant un stage chez Design & Co, entreprise dirigée d'une main de maître par Noah Beckham, à qui la vie sourit. Chaque nuit, ses vieux démons la hantent dans son sommeil et, chaque matin, elle s'efforce de vivre avec le lourd fardeau d'un passé insupportable. Pourtant très proche de son frère Mattéo et de son amie Barbara, elle n'a jamais réussi à se confier et n'accorde sa confiance à personne. Néanmoins, son charismatique patron va bouleverser sa vie, fissurant peu à peu la carapace qu'elle s'était forgée au fil des années.

La vie l'a abattue, mais Cassie a décidé de se relever. Trouvera-t-elle son salut dans les bras de Noah… ?

Sentinelle, volume 1

Je déteste la rentrée des classes, et cette année encore plus que les précédentes. Après dix-huit ans de mariage, mes parents ont décidé de se séparer. Ma mère a accepté un nouveau poste dans le sud de la France, et nous voilà donc, le jour de la rentrée, dans une nouvelle ville, un nouveau lycée et aucun ami. Pour la première fois de ma vie, je suis la nouvelle, que personne ne connaît et qui va devoir se trouver une place au milieu de tous ces ados qui se connaissent depuis toujours. Eh bien, me voilà mal barrée !

Sentinelle, volume 2

Il n'y a pas un jour sans que je ne pense à lui. Je sais que c'est parfaitement ridicule après tant d'années, mais je ne peux m'en empêcher. Vincent Baudouin est gravé dans ma mémoire comme les inscriptions antiques le sont dans le marbre.

J'avais seulement seize ans quand nous nous sommes connus. Je venais tout juste d'arriver à Bandol avec ma mère, mon frère et ma petite sœur après la séparation de mes parents. Je ne connaissais personne et j'avais peur d'être le nouveau bouc-émissaire du lycée. Seulement, Vinz en avait décidé autrement. C'était le capitaine de l'équipe de rugby, un élève studieux, et il avait un corps de rêve. Toutes les filles du lycée lui tournaient autour. Dès le premier jour de classe, il m'a pris sous son aile. Nous sommes devenus meilleurs amis et, de fil en aiguille, il est devenu mon premier amour.

Mais le décès de mon frère a tout chamboulé. Mes parents se sont remis ensemble et ont décidé de retourner vivre à Paris. Alors, j'ai préféré quitter Vinz plutôt que tenter une relation longue distance.

J'ai longtemps espéré qu'il me contacte ou qu'il débarque à Paris pour me retrouver, un peu comme dans les films, mais, apparemment, il m'a complètement oubliée. Je n'aurais peut-être pas dû le quitter, mais je crois profondément au Destin. Si c'est écrit, je suis sûre que nous nous retrouverons…

Sentinelle, volume 3

Cléa et Vinz ont passé sept années séparées l'un de l'autre, mais le temps et la distance n'avaient rien enlevé aux sentiments qu'ils éprouvaient lorsqu'ils étaient adolescents.

Malheureusement, le destin n'a pas fini de les tourmenter, et Vincent se voit confronté à une révélation qui ne fera que les éloigner davantage.

Entre amour et trahison, nos deux héros vont devoir affronter de nouvelles épreuves mais leurs chemins finiront-ils par se recroiser, cette fois ?

Aux Éditions BMR

Super Connard et moi

Épisode 1

Izzy Young, bientôt 22 ans, est pleine de charme malgré son irrécupérable maladresse ; et ce n'est pas son voisin Shawn, fou amoureux d'elle, qui dira le contraire !

Pourtant Izzy se croit malheureuse en amour. Pourquoi ? Parce que, depuis toute petite, elle rêve de Rick. Rick, *le* Super Connard qui a toutes les filles à ses pieds – et dans son lit. Rick, qui ne l'a jamais regardée…

Jamais, vraiment ? Alors quel est ce jeu du chat et de la souris qui s'est installé entre eux deux ? Et dans ce jeu de séduction, qui est qui, au juste ?

Épisode 2

De désert sentimental, la vie amoureuse d'Izzy est devenue compliquée. Très compliquée.

Premièrement, elle a couché avec l'homme de ses rêves, Rick, alias Super Connard.

Deuxièmement, cela n'a pas plu à Shawn, son inoffensif voisin, qui a frappé Rick en l'apprenant. Et l'a embrassée, elle.

Troisièmement, Rick semble prêt à remettre ça !

Mais Super Connard est-il capable de s'engager dans une relation sérieuse ?

Et pourquoi Izzy n'arrive-t-elle pas à oublier la sensation des lèvres de Shawn sur les siennes ?

Quand je vous disais que c'était compliqué…

Clémence Lucas

Épisode 3

Betty est une Super Connasse, et elle le revendique. Le grand amour, très peu pour elle. Elle préfère de loin sortir avec ses amis et enchaîner les aventures d'un soir.

Aussi, lorsque Rick, *le* Super Connard par excellence, la drague le temps d'une nuit, elle met un point d'honneur à lui résister – et à profiter des verres gratuits qu'il lui offre. Il est hors de question qu'il soit le seul à s'amuser ! Très mauvaise idée. Car tout le monde le sait : quand un Super Connard et une Super Connasse se tournent autour, ça fait des étincelles…

Dépôt Légal
Mars 2019

Made at Torrazza Piemonte (TO), Italy
2022-11-25
http://www.print-info.eu/

40858993R00194